आस-पड़ोस की लघु कहानियाँ

कृष्ण मुरारी सोनी

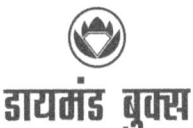

डायमंड बुक्स

ISBN : 978-93-5083-245-5
© लेखकाधीन
प्रकाशकः डायमंड पॉकेट बुक्स (प्रा.) लि.
X-30, ओखला इंडस्ट्रियल एरिया, फेज-II
नई दिल्ली-1100 20
फोन : 011-40712200
ई-मेल : sales@dpb.in
वेबसाइट : www.diamondbook.in

AAS PADOS KI LAGHU KAHANIYAN
by : Krishna Murari Soni

भूमिका

हम अपने आसपास बहुत-सी ऐसी घटनाएं देखते हैं जो हमें सोचने पर विवश कर देती हैं। कई बार तो ऐसा भी लगता है कि काश इनकी अच्छाइयां मुझमें, आपमें और समाज में आ जातीं, परंतु ऐसा नहीं होता और न ही यह सम्भव है। कई अनेक घटक हैं जो हमारे सोचने और निर्णय लेने में प्रभाव डालते हैं। इसलिए एक ही काम करने के लिए लोग अलग-अलग तरह के कदम उठाते हैं, भले ही उनकी शिक्षा एक जैसी हुई हो, उनके रहने का वातावरण एक जैसा हो, यहाँ तक कि उनका सोचने का तरीका भी एक जैसा हो।

फिर इन किस्से-कहानियों के पढ़ने का क्या औचित्य? यह कुछ-कुछ वैसा ही है जैसे हम कोई धार्मिक पुस्तक बार-बार पढ़ते हैं। जब हम उन्हें पढ़ते हैं तो एकाएक जो विचार हमारे मस्तिष्क के किसी कोने में होते हैं, वे हमें सोचने को मजबूर करते हैं और यही सोच विचारों को क्रियान्वित करने में सहायक होती है। अत: किस्से-कहानियों का महत्त्व हमेशा बना रहेगा।

ये कहानियाँ भिन्न-भिन्न प्रकार की हैं, कुछ हँसी की, कुछ दु:ख भरी तो कुछ गम्भीर, परंतु वास्तविकता से इनका कोई सम्बंध नहीं है। अत: इनकी तुलना समाज के किसी व्यक्ति, विषय, धर्म, अथवा संस्था से न करें, क्योंकि इनका उद्देश्य केवल आपको प्रसन्न रखना है, न कि समाज अथवा संस्था की अच्छाइयों-बुराइयों की समीक्षा करना। वैसे भी न तो मुझे समीक्षा करने की समझ है, न उसका ज्ञान।

आशा है, आपको पुस्तक रुचिकर लगेगी।

–कृष्ण मुरारी सोनी

विषय सूची

तौलिया

जब भी छुट्टियाँ होतीं, वह मामाजी के यहाँ चला जाता। मामाजी भी उसे बहुत प्यार करते। गोदी में बैठाते, खाना खिलाते और खाना खाकर जब वह पानी पी लेता, तो अपनी धोती के एक किनारे से उसके हाथ व मुँह पोंछ देते।

थी भी उसकी उम्र लगभग तीन वर्ष। जब से यह सिलसिला चल रहा था और चला भी तब तक, जब तक वह दस वर्ष का नहीं हो गया, चाहे वह मामाजी के यहाँ गया हो अथवा मामाजी उसके घर आये हों। मामाजी की गोदी में बैठना, उनसे खाना खाना और धोती से हाथ-मुँह पोंछना एक क्रम बन गया था, जो उसे अच्छा भी लगता था और शायद मामाजी को भी।

अब वह बड़ा हो गया है, उम्र होगी लगभग अठारह वर्ष। मामाजी एक दिन उसके घर आये हुए थे। वाशबेसिन में उन्होंने मुँह धोया और वहीं रखा एक तौलिया मुँह पोंछने के लिये उठाई ही थी कि वह चिल्लाया, 'मामाजी, वह मेरा तौलिया है, उससे मुँह मत पोंछना।'

मामाजी तौलिया पकड़कर स्तब्ध खड़े रह गये, उनकी आँखों में आँसू छलक रहे थे।

✳ ✳ ✳

अमीरी-गरीबी

पत्नी जेवर खरीदने सर्राफ की दुकान पर पहुँची।

दुकानदार ने विभिन्न डिजाइन के हार दिखाए। उसने एक हार पसंद कर लिया। दुकानदार ने कोल्ड ड्रिंक पिलाया और बिल बनाने लगा।

पत्नी ने भाव पूछा। सोने का भाव बीस हजार रुपये प्रति दस ग्राम एवं बनवाई के दस प्रतिशत अलग।

हार की कीमत एक लाख पाँच हजार दो सौ पचास रुपये पड़ी। दुकानदार ने पचास रुपये भी नहीं छोड़े।

दुकानदार ने पूछने पर बताया कि वापसी नब्बे प्रतिशत पर होगी, बनवाई काटकर। मैंने पत्नी से धीरे से कहा कि हम पचासी हजार रुपये का सोना एक लाख पाँच हजार रुपये से ऊपर में खरीद रहे हैं।

पत्नी ने झिड़क दिया, 'अजी, चुप रहिए। दुकान में ये बातें मत करो।' हमने पूरा भुगतान कर दिया।

रास्ते में पत्नी ने सब्जी खरीदी।

दुकानदार ने बताया, 'टमाटर बारह रुपये किलो हैं।' मैं खरीदने ही वाला था कि पत्नी ने कहा, 'इतने महंगे।' मोल-भाव कर उसने दस रुपये में एक किलो खरीद लिए।

गाड़ी में बैठते ही उसने कहा, 'देखो, मैंने आज आपकी दो रुपये की बचत करा दी। आपको तो मोल-भाव करना ही नहीं आता।'

लगा, मोल-भाव गरीब से करना अमीरी है और अमीर से गरीबी।

* * *

8 आस-पड़ोस की लघु कहानियाँ

आत्महत्या

चारों ने चार दिन से खाना नहीं खाया था।

भूख से मरने से अच्छा है आत्महत्या कर लें, तय हो गया।

पहला गया और रस्सी से लटक गया। मरा नहीं, घर वालों ने देख लिया। पुलिस उसे पकड़कर ले गयी।

दूसरा गया और दूसरी मंजिल से कूद गया। हाथ-पैर टूट गये। पुलिस ने आत्महत्या का केस दर्ज कर लिया।

तीसरा रेलगाड़ी से कटने गया। रेलवे पुलिस के हत्थे चढ़ गया। आखिर आत्महत्या करना दंड्नीय अपराध है।

चौथे की हिम्मत नहीं हुई कि पुल से यमुना नदी में कूद जाऊँ। बाहर आकर राजघाट के पास बैठ गया।

किसी ने पूछा, 'यहाँ क्या कर रहा है?'

उसने मुश्किल से कहा, 'आत्महत्या, यमुना नदी ---।'

वहाँ खड़े मीडिया वालों ने उसे घेर लिया। मैली यमुना की सफाई के लिये आत्महत्या।

सुबह डाक्टर उसे ग्लूकोज दे रहे थे और पुलिस उसकी रक्षा कर रही थी।

✳ ✳ ✳

मंजिल

संसद चलोगे?

इंजीनियर, 'नहीं।'

संसद चलोगे?

डाक्टर, 'ना बाबा ना, फुर्सत ही नहीं।'

संसद चलोगे?

प्रशासनिक अधिकारी, 'नहीं, कदापि नहीं।'

संसद चलोगे?

आम आदमी, 'अरे, समय कहाँ है?'

संसद चलोगे?

सरकारी आदमी, 'नौकरी से इस्तीफा, भूखों मरना है?'

संसद चलोगे?

किसान और मजदूर, 'हमारी किस्मत कहाँ?'

बाकी में से कुछ संसद पहुँच गये।

पहुँचना ही था, पर डाक्टर, इंजीनियर, अधिकारी और जनता के कुछ लोगों का कहना है कि संसद में उनका प्रतिनिधित्व ही नहीं है।

* * *

चोरी

सतर्कता सप्ताह मनाने के लिये कार्यालय में बैनर लगाया गया। नया सफेद कपड़ा, उस पर लिखा गया- चोरी करना दंडनीय अपराध है।

उन्होंने भी इस पर एक अच्छा भाषण दिया। शाम को उन्होंने चपरासी से बैनर उतरवाया और अपने साथ घर ले गये। साफ करा लेंगे तो दो चद्दर बन जायेंगे।

अगले दिन पत्नी ने बैनर धोकर घर के बाहर सुखा दिया। वैसा ही जैसा उन्होंने सोचा था, सफेद चद्दर दिख रहा था।

थोड़ी देर बाद शोरगुल सुन कर वे बाहर आये। बेटे ने एक छोटे लड़के को पकड़ रखा था, मैला-कुचैला, कूड़ा बीनने वाला। उसने बताया कि यह लड़का उस कपड़े को चुरा रहा था।

उन्होंने कहा, 'मार साले को। चोरी करता है।'

उनके बेटे ने उसकी धुनाई शुरू कर दी।

एकदम से उन्हें कुछ याद आया। वे भी तो यह कपड़ा...।

बेटे से उन्होंने कहा, 'छोड़ दे उसे और कपड़ा भी दे दे।'

पता नहीं क्यों, लड़के ने अब कपड़ा लेने से मना कर दिया।

* * *

तिरस्कार

सफेद कुर्ता-पाजामा पहने एक महानुभाव ने एक मजदूर से पूछा, 'धरना देने चलोगे?'

'जरूर, हम तो जाते ही रहते हैं। कितने पैसे दोगे?'

'एक दिन के दो सौ रुपये, चाय पानी अलग। परंतु बीस रुपये मेरे।'

'ठीक है, धरना किस बात का है?'

'भ्रष्टाचार के विरुद्ध।'

मजदूर ने उनको तिरस्कार भरी नजरों से देखा और बोला, 'हम खाली नहीं हैं।'

महत्त्व

एक स्टील का बर्तन गिरा। रसोईघर से आवाज आई जहाँ सास खाना बना रही थी।

बहू सास पर चिल्लाई, 'मम्मी, आपसे कोई काम ढंग से नहीं होता। बर्तन टूट जाता तो?'

दस मिनट बाद फिर रसोईघर से आवाज आई, कप-प्लेट टूटने की।

अब की कामवाली बर्तन धो रही थी।

बहू ने कामवाली को समझाया, 'अम्मा, धीरे से बर्तन रखा कर। टूट गये ना, चल कोई बात नहीं।'

* * *

अंतर

साहब को अपने घर जाना था, तुरंत हैदराबाद से दिल्ली का टूर बन गया।

साहब के आने-जाने का हवाई जहाज से किराया बीस हजार रुपये एवं तीन दिन रहने का दैनिक भत्ता अलग।

एक मजदूर ने भी उसी दिन हैदराबाद से दिल्ली जाने का रियायती भत्ता लिया। परिवार सहित स्लीपर में जाने का किराया बारह सौ रुपये। साधारण द्वितीय श्रेणी में जाकर उसने तीन सौ रुपये बचा लिये। गरीबी जो न कराए, वही अच्छा।

विभाग ने मजदूर के यात्रा भत्ता की जांच कराई। जांच में बारह सौ रुपये से अधिक खर्च हो गये।

जांच में मजदूर दोषी पाया गया।

जहाँ मजदूर को नौकरी से बर्खास्तगी का नोटिस मिला, वहीं साहब को छब्बीस हजार का चैक।

✳ ✳ ✳

अहसास

आज पूजा का आयोजन था।

पंडितजी ने हवन कराया। हवन में वह स्वयं एवं उनके मित्र सम्मलित हुए।

हवन समाप्त होते ही यमुना पर बहस छिड़ गई।

एक ने कहा, 'यमुना तो अब नाला बन गई है।'

दूसरे ने कहा, 'सरकार कुछ करती ही नहीं है।'

'सरकार तो सफाई अभियान में लगी हुई है, परंतु जनता भी तो कुछ कम जिम्मेदार नहीं है जो उसमें कचरा डालती रहती है।' तीसरे ने तर्क दिया।

इस पर वे राजी नहीं हुए। वे बोले, 'दिल्ली में अधिकतर पढ़े-लिखे लोग रहते हैं, वे थोड़े ना यमुना को गंदा करते हैं। हो सकता है, कुछ बिना पढ़े लोग ऐसा करते हों।'

चर्चा यहीं समाप्त हो गई।

शाम को उनकी पत्नी ने पोलीथीन के थैले में बची सामग्री, फूल, पत्ते, रंग, चावल, राख इत्यादि भरे और वे कनाट प्लेस के लिये चल दिये।

रास्ते में यमुना नदी के पास पत्नी ने कार रुकवाई और उन्हें पोटली यमुना नदी में डालने के लिये कहा। उन्होंने कार रोकी और पोटली यमुना में फेंक दी।

कार में बैठते ही उन्हें ऐसा अहसास हुआ कि वे पढ़-लिखकर भी पढ़े-लिखे नहीं हैं।

* * *

भेड़चाल

कुछ लोग एक सरकारी बस को घेरे खड़े थे। पता चला कि एक बकरी की बस से टक्कर हो गई थी। आसपास वालों ने बस को रोककर सवारियों को उतरने पर मजबूर कर दिया था। वैसे बकरी मरी नहीं थी, परंतु चल भी नहीं पा रही थी।

बकरी की ओर कोई ध्यान नहीं दे रहा था।

तभी एक हट्टा-कट्टा नौजवान वहाँ आया। उसने बस के ड्राइवर को एक थप्पड़ जड़ दिया। वैसे उसे बस की टक्कर के बारे में कोई जानकारी नहीं थी।

'ये बस वाले किसी को कुछ समझते ही नहीं हैं, उन्हें जानवर समझते हैं,' इतना कहकर उसने बस में आग लगा दी।

फिर क्या था, जो वहाँ से जा रहा था, कुछ न कुछ बस पर फेंकता जा रहा था जिससे आग भड़क सके। नौजवान अपना काम करके वहाँ से खिसक चुका था।

बकरी जो बस की टक्कर से नहीं मरी थी, अब जलकर मर चुकी थी।

✳ ✳ ✳

फसल

बापू के पाँव सूज जाते हैं। वैद्यजी ने बताया कि वात की बीमारी है।

बापू ने सोचा कि क्यों न बेटे के पास नगर चला जाऊँ। गाँव में देखभाल करने वाला कोई अपना तो है नहीं। बेटे को उसने चिट्ठी लिख दी।

बेटे-बहू ने सोचा–लो, अब बापू यहीं आ जाएगा। न कहना भी तो ठीक नहीं। काफी सोच-विचार कर किराये पर पहली मंजिल का मकान ले लिया।

बापू गाँव से आया तो बड़ी मुश्किल से ऊपर चढ़ पाया। अगले दिन बापू गाँव वापिस चला गया। साँप भी मर गया और लाठी भी नहीं टूटी।

अब बेटा बड़ा हो गया है। उसकी भी समस्या है कि वह हिंदुस्तानी कमोड में ही बैठ सकता है, इंगलिश हो तो पेट खाली ही नहीं होता।

उसने बेटे को फोन किया कि वह उसके साथ शहर में रहना चाहता है, यहाँ अकेले मन नहीं लगता।

बेटे-बहू ने सोचा–लो, अब पापा यहीं आ जायेंगे। न कहना भी ठीक नहीं। काफी सोच-विचार कर हिंदुस्तानी कमोड तुड़वाकर इंगलिश लगवा लिया।

पापा आए तो नया-नया लगा इंगलिश कमोड देखकर सब कुछ समझ गये। शाम को ही वापस।

फसल तो अपनी ही बोई थी।

* * *

दिखावा

उनकी पत्नी ने जैसे ही पानी की बोतल बैग में डाली, उन्होंने देख लिया। 'अरे क्या कर रही हो? मेरा एक साथी भी दिल्ली से आगरा तक साथ जा रहा है। वह क्या सोचेगा कि घर से पानी की बोतल लाये हैं।' यह कहकर उन्होंने बोतल निकाल दी।

दोनों ने प्लेटफार्म से पानी की एक-एक बोतल खरीदी और गाड़ी में बैठ गये।

रास्ते भर दोनों बातें करते रहे। बीच-बीच में पानी भी पीते रहे, इतना कि बोतल आगरा तक तीन चौथाई ही खाली हो।

आगरा में उनका साथी बोतल लेकर उतर गया। उसे वहाँ से बस से जाना था।

अब दोनों निश्चिंत थे। उनके साथी ने बस स्टैंड पहुँचकर बोतल का शेष पानी पिया और बस में बैठने से पहले वहीं के नल से उसे भर लिया, जबकि उन्होंने ग्वालियर पहुँचने के पहले पानी खत्म किया और रेलवे प्लेटफार्म के नल से बोतल भर ली।

✳   ✳   ✳

शिक्षा

उनके पिताजी का देहांत हो गया था। पड़ोसी होने के नाते मैं भी उनकी अंत्येष्टि में भाग लेने श्मशान भूमि गया था।

वे बड़े दु:खी दिखाई दे रहे थे, आखिर उनके पिताजी का स्वर्गवास जो हो गया था।

श्मशान में सामान एवं लकड़ियों की व्यवस्था की गयी। पंडितजी ने विधि-विधान से अंतिम संस्कार कराया। उन्होंने पिता को अग्नि दी। हम सब लोग वहीं खड़े रहे जब तक अग्नि पूरी तरह प्रज्जवलित नहीं हो गई। उसके उपरांत पंडितजी ने उनसे कपाल का अंतिम कर्मकांड कराया और सभी को हॉल में बैठने को कहा। हम सब वहाँ बैठ गए, सबसे आगे बैठे थे - वे स्वयं, दिवंगत आत्मा के बड़े बेटे जो थे।

पंडितजी ने सबको उपदेश दिया, आत्मा अजर-अमर है। वह एक शरीर छोड़कर दूसरा शरीर ग्रहण कर लेती है अर्थात् केवल चोला बदलती है। मरता तो यह नश्वर शरीर है। अब दु:ख छोड़ दो। अजर-अमर आत्मा के लिए दु:ख किस बात का?

चौथे का दिन भी तय हो गया।

मैं और वे साथ-साथ श्मशान से बाहर आये। मुझे लग रहा था कि उन्हें अभी घर तक कई बार सांत्वना देने की आवश्यकता पड़ेगी। परंतु वे बाहर आते ही पूछने लगे कि पापा का मृत्यु प्रमाण पत्र कब और कहाँ मिलेगा? पापा ने चार फिक्स्ड डिपोजिट करा रखे हैं, उनको अपने नाम स्थानांतरण कराना है। अब देखो, पापा को यह भी नहीं था कि मेरा नामांकन करा जाते।

मैं अवाक! उन्होंने पंडितजी की शिक्षा कितनी शीघ्र ग्रहण कर ली थी।

* * *

समाप्ति

उनके घर रामायण का पाठ चल रहा था। वैसे भी वे धार्मिक कार्यों में अत्यधिक रुचि रखते थे, साथ में उनकी पत्नी भी।

भगवान राम के वन जाने का प्रसंग चल रहा था। ढोलक, मंजीरे और कीर्तन से भक्तिमय वातावरण पैदा हो गया था। पंडितजी भी बड़े भावपूर्वक भावार्थ समझा रहे थे, भगवान रामजी अपने पिताजी के वचन निभाने चौदह वर्ष के लिये वन जा रहे थे। माता-पिता एवं परिवार राजमहल में, भगवान राम सीता सहित वन में, पिताश्री के लिये, अपितु पिताश्री के वचन के लिये।

पाठ समाप्त हुआ और उन्होंने पंडितजी से हवन कराके सभी को प्रसाद वितरण किया। अभी वे प्रसाद खा ही रहे थे कि उनके पिताजी का फोन आ गया। वे अगले हफ्ते उनके यहाँ अर्थात् अपने बेटे के यहाँ आना चाहते थे। उनका कहना था कि तुम्हारी माँ, तुम्हें, बहू और बच्चों को देखना चाहती है। उसका कहना है कि बेटे को देखे कई दिन हो गये हैं, चलो, एक बार देख आते हैं।

उन्होंने पिताजी को जवाब दिया, 'नहीं पापा, अगले हफ्ते तो हम गोवा घूमने जा रहे हैं। आप बाद में आने का प्रोग्राम बनाइये।'

रामायण के पाठ की समाप्ति जो हो चुकी थी।

जिम्मेदारी

वे चौथी मंजिल के फ्लैट में रहते थे और मैं पहली। हमारे ब्लॉक के आगे सड़क और सड़क के आगे एक पार्क था। सड़क एवं पार्क की सफाई की जिम्मेदारी नगर निगम की थी। नगर निगम ने जगह-जगह कूड़ेदान भी रखे हुए थे।

हम परिवार सहित पार्क में घूमने जाते तो वे हमेशा पार्क में पड़ी पौलीथीन की थैलियां जिसमें रोटियां, चावल, अंडों के छिलके आदि भरे होते, एवं अन्य कूड़ा-करकट दिखाते और कहते कि नगर निगम वाले बिल्कुल निकम्मे हैं, कोई सफाई नहीं करते।

मैंने उनसे कहा कि आखिर यह कूड़ा भी तो हमारे यहाँ के लोग ही डालते होंगे, जिस पर वे राजी नहीं हुए। उनका मानना था कि हो सकता है कि दूसरे ब्लॉक के लोग यहाँ कूड़ा डाल जाते हों। उनकी पत्नी ने भी इसका समर्थन किया।

उसी शाम हम दोनों ही पार्क में घूम रहे थे और सुबह की चर्चा को आगे बढ़ा रहे थे कि ऊपर से एक पौलीथीन की थैली धम्म से नीचे गिरी। हमने देखा कि उनकी पत्नी बालकनी से कूड़ा पार्क में फेंककर अपनी जिम्मेदारी निभा रहीं थीं।

✳ ✳ ✳

अनजाना

उस समय मेरी उम्र बारह के लगभग थी। उसके पहले मैं अपने गाँव से दूसरे गाँव अकेला कभी नहीं गया था। जब भी जाता, साथ में कोई बड़ा-बूढ़ा होता। आज पहली बार बापू ने मामाजी के यहाँ अकेले जाने के लिये कह दिया। बड़ा डर लग रहा था। मामाजी का गाँव भी था चार कोस दूर, ऊपर से गली-रास्ते भी ढंग से नहीं मालूम। बस बापू ने कह दिया, 'यहाँ से चौपरा का रास्ता पकड़ लेना, वहाँ से बायीं ओर चलना और बैलगाड़ी वाला कच्चा रास्ता पकड़ना, आगे जाकर मऊ गाँव मिलेगा, वहाँ किसी से भी पूछ लेना, नहीं तो गाँव के बाहर से ही दायीं पगडंडी पकड़ना और सीधे चले जाना। दो कोस आगे जाकर दाहिनी ओर गाँव मिल जाएगा। हाँ, गाँव के बाहर ही हनुमानजी की मढ़ैया है, वहाँ मत्था जरूर टेकना। बस, पहुँच जाएगा। फिर मेरे साथ भी तो तीन-चार बार जा चुका है।'

अब बापू को क्या बताऊँ कि जब मैं उसके साथ जाता था तो मैंने देखा ही नहीं कि कौन-सी पगडंडी कहाँ जा रही है और रास्ता कहाँ जा रहा है? बस, बापू के साथ चले गए, इधर-उधर देखने की जरूरत ही नहीं पड़ी। हाँ, बजरंगबली की मढ़ैया तो याद है क्योंकि गाँव में घुसने के पहले वहाँ माथा टेकता था, वह भी बापू के साथ। क्या हो जाता यदि बापू साथ चला जाता? नहीं तो जब पिछली बार गया था तो बता देता कि अगली बार मुझे अकेले आना पड़ेगा तो मैं रास्ता ठीक से तो देख लेता। अब बापू से कुछ कह तो सकता नहीं क्योंकि मुझे न तो डाँट खानी है और न थप्पड़। चलो, चलते हैं–देखा जाएगा।

माँ ने खाने की पोटली बाँध दी। पानी तो पीना ही पड़ेगा, भले ही खाना खाओ या नहीं। जरूरी तो नहीं कि कुएं पर कोई मिल ही जाये। आजकल तो कुएं पर जोरा-बाल्टी भी नहीं होते। बापू बता रहा था पहले पथिकों के लिये हर कुएं पर जोरा-बाल्टी रहते थे। अब तो वह भी चोरी हो जाती है, तो कौन कहाँ तक रखेगा? एक रस्सी और लोटा उसने थैले में रख ही लिये।

बापू दस बार रास्ता बता चुका था, फिर भी पता नहीं क्यों जाते समय एक बार और बताया। लगता है कि उसके मन में भी कुछ तो शंका थी कि बेटा रास्ता भूल न जाये। माँ का हाल तो ऐसा था कि मैं मामा के यहाँ नहीं, युद्ध में जा रहा हूँ। 'बेटा, रास्ता पूछते जाना, बिना पूछे मत जाना, रास्ते में खाना जरूर खा लेना। एक डंडा भी ले जा, क्या पता रास्ते में कोई साँप-बिच्छू मिल जाये। सुना है कि आजकल सुनसान रास्ते में पोटली तक चुड़ा लेते हैं। अपना ध्यान रखना', कहते-कहते वह रो ही दी। उसका रोना देखकर मुझे भी रोना आ गया, किंतु बापू ने माँ और मुझे दोनों को डाँट दिया।

भगवान का नाम लेकर और माँ-बापू के पैर छूकर मैं मामा के गाँव चल दिया। गाँव के बाहर आया तो रास्ता सुनसान था। कोई नहीं दिखाई दिया। हनुमान चालीसा पढ़ते-पढ़ते आगे चल दिया। कहते हैं जब किसी का सहारा नहीं होता, तो भगवान का ही होता है। एक कोस आगे चला हूँगा तो एक गड़रिया ढोर चराते दिखा। 'हाँ भैया, कौन गाँव के हो और कहाँ जा रहे हो?' मुझे देखते ही उसने पूछा। मैंने डरते-डरते उसे नाम-पता सब बता दिया। वैसे तो मेरे पास फूटी कौड़ी भी नहीं थी, फिर भी डर लग रहा था। बापू का नाम सुनते ही वह बापू को पहचान गया और बोला, 'चल आ जा, खाना खा ले। सामने कुइया है, पानी भर ला।' अब मेरा डर खत्म हो गया था और भूख न लगने के बावजूद, मैंने चार रोटी खा ही लीं। खाना खाते समय उसने भी मुझे आगे का रास्ता समझा दिया।

खाना खाकर मैंने उससे राम-राम की और चल दिया। एक कोस चलने के बाद रास्ते में मऊ गाँव मिला जैसे बापू और चरवाहे ने बताया था। गाँव के बाहर दस-दस कदम पर लोग मिलते और पूछते, 'कौन हो भैया और कहाँ जा रहे हो?' जैसे ही मैं बताता कि फलां गाँव का हूँ और उनका बेटा हूं, वे बोलते, 'अच्छा, ममियारे जा रहे हो। हाँ बेटा, जाओ।' मुझे अचम्भा हो रहा था कि बापू की कितनी पहचान है? वे मुझे आगे का रास्ता भी बता देते। गाँव के बाहर निकला ही था कि उसी गाँव के एक बब्बाजी मिल गए जो मेरे मामा के गाँव से ही होकर जा रहे थे। फिर क्या था, मुझे एक संरक्षक मिल गया और मैं आराम से मामा के गाँव पहुँच गया। मढ़ैया में मत्था टेकना मैं नहीं भूला।

मामा के गाँव पहुँचा तो लगा कि सारा गाँव ही मेरे बापू को जानता है। बापू की पहचान से मुझे भी इतनी इज़्ज़त मिल सकती है, यह मैंने उस दिन जाना।

अगली रात नींद आई तो देखा, मैं एक छोटे शहर में रहता हूँ। मुहल्ले में जब भी कोई चिट्ठी आती है तो उस पर केवल पिताजी का नाम और मुहल्ले का नाम होता है। घर के नम्बर का तो सवाल ही नहीं। घर का नम्बर तो मुझे भी नहीं मालूम। कई बार तो मुहल्ले का नाम भी नहीं लिखा हो तो भी चिट्ठी आ ही जाती है। मुहल्ले में तो पिताजी को सब जानते हैं ही, बाकी जगह भी कई लोग पहचानते हैं। कोर्ट में हो, कचहरी में हो, स्कूल में अथवा किसी और कार्यालय में, पिताजी का नाम लिख दिया तो मेरी भी पहचान हो जाती। किसी कार्यालय में पिताजी जाते तो चेहरा ही पहचान होता, न कोई पहचान पत्र, न कोई वोटर कार्ड। यहाँ तक कि बाहर से आए पुलिसवालों के अलावा, निर्वाचन कक्ष में बैठे राजनैतिक दलों के लोग भी पहचान पत्र नहीं माँगते क्योंकि वे भी उनको पहचानते थे। राशन कार्ड केवल राशन के लिए था न कि पहचान के लिये।

अगली रात को मैंने सपने में देखा कि मैं एक बड़े शहर में रह रहा था। इस शहर में रहते-रहते बीस वर्ष हो गए हैं। मकान को यहाँ फ्लैट कहते हैं। जो भी गाँव या छोटे शहर से आता, उसे तो विश्वास ही नहीं होता कि नीचे कोई और रहता है और आपके ऊपर कोई और। उनके लिये यह आठवें अजूबे से कम न था। मैं तो फिर भी आठ मंजिले भवन के फ्लैट में रहता था, परंतु कई भवन तो बीस से भी अधिक मंजिल के थे और सुना है कि एक तो सौ मंजिल का बन रहा है। मजे की बात यह है कि बीस वर्ष रहने के बावजूद मुझे मेरा पड़ोसी नहीं पहचानता, चाहे वह ऊपर वाला हो या पीछे वाला। यदि मैं किसी कार्यालय में जाता हूँ तो मुझे आज भी अंदर नहीं घुसने देते क्योंकि वहाँ मेरे चेहरे की पहचान नहीं, पहचान पत्र की पहचान चलती है। मैं वोट तभी डाल सकता हूँ यदि मेरे पास वोटर पहचान पत्र है। मुझे डाकिया तभी चिट्ठी देता है जब मैं उसे अपना पहचान पत्र दिखाता हूँ। कई कार्यालय तो राशन कार्ड को भी पहचान पत्र नहीं मानते क्योंकि उस पर फोटो नहीं होती। वास्तव में मेरी पहचान मेरी फोटो वाले पहचान पत्र से है। एक बार मैं अपने ऊपर वाले पड़ोसी के पास गया तो उन्होंने पूछा कि क्या काम है? जब मैंने बताया कि मैं आपका पड़ोसी हूँ तो वे बोले, 'मैंने तो आपको कभी देखा नहीं।' मैंने सोचा कि मैं बोल दूँ कि पहले आपने देखा नहीं और आज देखना नहीं चाहते। पता नहीं, क्या सोचकर मैं बिना कुछ कहे वापस आ गया। एक दिन तो हद हो गई जब मैं पीछे वाले पड़ोसी के घर गया तो उन्होंने दरवाजा तक नहीं खोला और बोले, 'हम आपको नहीं पहचानते, फोन करके आइये।' मेरी

पहचान मेरे ही फोन से कम थी। निराश होकर वापस आकर अपने फ्लैट में बैठा ही था कि एक गाना आने लगा - एक अकेला इस शहर में, रात में और दोपहर में ----। मैं समझ गया कि लिखने वाले का तात्पर्य यह नहीं रहा होगा कि वह इस शहर में अकेला है क्योंकि शहर के इतने लोगों में कोई अकेला रह ही नहीं सकता, अपितु यह रहा होगा कि पूरे शहर में वह इसलिये अकेला है क्योंकि उसे कोई पहचानता ही नहीं है। गाना सुनकर मुझे कुछ सुकून मिला। बेचारा गाना लिखने वाला, शायद उसका राशन कार्ड और वोटर कार्ड भी न बना हो।

कुछ दिन पहले सरकार ने एक नई योजना निकाली है - यूनीक आइडेंटिफिकेशन नम्बर अर्थात् हर देशवासी का एक नम्बर होगा, चाहे वह गाँव का हो, नगर का अथवा शहर का। उसकी पहचान यूनीक आइडेंटिफिकेशन नम्बर से होगी। मतलब उसकी अपनी कोई पहचान नहीं, पहचान है तो केवल उस नम्बर की। सुना था, जेल में जेलर साहब कैदियों को नम्बर से बुलाया करते थे - दो नम्बर, तीस नम्बर, चालीस नम्बर आदि। अब हर देशवासी भी नम्बर से जाना जाएगा। सोचिये कितना अच्छा लगेगा और आसान हो जाएगा जब बाप बेटे को बुलाएगा, अरे, तीन नम्बर। बेटा माँ को बुलाएगा, दो नम्बर, इधर आना। अथवा बहू पति को बुलाएगी, सुनिए नम्बर आठ। फोन आया, नम्बर दो हजार आठ सौ सात से बात करनी है। उत्तर मिला, रांग नम्बर। आप कौन बोल रहे हैं? मैं, मैं नम्बर एक करोड़ ग्यारह लाख बीस हजार नौ सौ तेरह। अब इतने बड़े नम्बर से तो उसका बाप भी उसे नहीं पहचान सकता तो सबके पास एक-एक कम्प्यूटर होगा भले ही उसका कुछ और नाम हो, छोटा-सा जिसमें तुरंत वह उस नम्बर को फीड करेगा। दो मिनट बाद आवाज आएगी, ओह, आप, नम्बर ------। फोन करने वाला फोन उठाने वाले का बेटा था - किसको पता चला, न मुझे न आपको। न किसी रिश्ते का झमेला, न कोई आदर सूचक शब्द की आवश्यकता। लोग कहेंगे - ये सब तो पुराने जमाने की बातें हैं। लोग यह भी नहीं मानेंगे कि ऐसा भी हो सकता है कि कभी एक गाँव के लोग दूसरे गाँव के लोगों को पहचानते होंगे अथवा छोटे शहर में मुहल्ले भर के लोगों को जानते होंगे।

परंतु यदि आपका नम्बर खो गया या आप भूल गये तो आपका क्या होगा? आपका क्या होना है क्योंकि आपकी तो वैसे भी कोई पहचान नहीं थी, बेचारे नम्बर का क्या होगा?

✻ ✻ ✻

आस-पड़ोस की लघु कहानियाँ

नालायक

कहते हैं कि मानव मस्तिष्क का अधिकांश विकास दो से पाँच वर्ष के बीच हो जाता है। मेरी उम्र पाँच वर्ष से कुछ ही अधिक थी जब मेरा दाखिला प्रथम कक्षा में कराया गया था क्योंकि उस समय प्रथम कक्षा में दाखिला लेने हेतु पाँच वर्ष की उम्र आवश्यक थी। यह नियम भी उसी वर्ष लागू किया गया था। इससे दो वर्ष पहले मेरे चचेरे भाई ने चार वर्ष की उम्र में दाखिला लिया था और वह अब छः वर्ष की उम्र में तीसरी कक्षा में पहुँच गया था। सोचने की बात थी कि इसमें मेरा कोई दोष नहीं था, परंतु मेरे पिताजी ने दाखिला दिलाने के उपरांत विद्यालय से लौटते समय मुझसे कहा कि देखो तुम छः वर्ष की उम्र में कक्षा दो में पहुँचोगे जबकि मनीष कक्षा तीन में पहुँच गया है। पिताजी ने शायद यह बात इसलिये कही हो कि हम लौटते समय मनीष से मिले थे क्योंकि वह भी इसी विद्यालय में पढ़ता था। परंतु यह सुनते ही मुझे बुरा लगा कि मनीष क्यों मुझ से आगे निकल गया था। मनीष, जो मेरा चचेरा भाई था, पता नहीं क्यों मुझे उसी क्षण से बुरा लगने लगा।

अगले दिन घर से विद्यालय के लिए हम साथ ही निकले और एक ही बस में चढ़े तो मनीष ने मुझे अपने साथ बैठने के लिये कहा, परंतु मैं उसके साथ नही बैठा एवं एक खाली सीट पर बैठ गया। तभी मेरी ही उम्र का एक लड़का आया और मेरे साथ बैठ गया। उसके बाद भी मैं कभी भी बस में मनीष के साथ नहीं बैठा।

मैं विद्यालय नियमित रूप से जाता रहा। विद्यालय में अध्यापकों को भी शीघ्र ही पता चल गया कि मैं मनीष का छोटा भाई हूँ। मनीष को अध्यापक इसलिए जानते थे क्योंकि वह कक्षा में प्रथम आता था एवं सभी अध्यापकों का चहेता था। यहाँ तक कि प्रार्थना में भी वह सबसे आगे खड़ा होता।

अर्धवार्षिक परीक्षाएँ हुईं और मैं पास भी हो गया, परंतु पचास बच्चों की कक्षा में तीसवाँ स्थान प्राप्त कर सका। गणित के अध्यापक ने मुझसे कहा कि

तुम्हारा भाई तो गणित में इतना बुद्धिमान है कि तुम तो कहीं लगते ही नहीं हो कि तुम उसके भाई हो। यह सुनकर मेरे मन में मनीष के प्रति और कड़वाहट भर गई। जब यही बात मेरी कक्षा अध्यापिका ने भी कही तो मैं मन ही मन मनीष से ईर्ष्या करने लगा।

जब मैं परीक्षाफल लेकर अपने घर पहुँचा तो प्रसन्नचित्त था कि पिताजी यह सुनकर हर्षित होंगे कि बेटा पास हो गया। परंतु जैसे ही उन्होंने मेरा परिणाम देखा तो एकदम बोले कि देखो, मनीष तो हमेशा प्रथम आता है और एक तुम हो कि कक्षा में तीसवें स्थान पर आए हो। अब अच्छी तरह मन लगा कर पढ़ो और खेलना-कूदना छोड़ो। जो नहीं होना चाहिये था, वह हो गया और मेरे मन में मनीष के प्रति कटुता और बढ़ गई।

पिताजी ने मेरे खेल-कूद पर पाबंदी लगा दी, परंतु मैं भी कहाँ मानने वाला था। जैसे ही पिताजी इधर-उधर होते, मैं झट से खेलने चला जाता। माँ की बात तो मैं वैसे भी नहीं सुनता। इस सब का परिणाम यह निकला कि मैं वार्षिक परीक्षा में चालीसवें स्थान पर खिसक गया। परीक्षाफल देखते ही पिताजी आग-बबूला हो गये और उन्होंने मुझे नया नाम दिया – नालायक। वे बोले, 'यह तो नालायक है और नालायक ही रहेगा।'

पिताजी ने मेरे हेतु कोचिंग का इंतजाम कर दिया, परंतु यह भी कह दिया कि एक मनीष को देखो बिना ट्यूशन पढ़े ही प्रथम आता है और एक ये साहबजादे हैं कि इन्हें ट्यूशन पढ़ाना पड़ रहा है। यह सुनते ही मेरे मन में ऐसा कुछ हुआ कि मैं ट्यूशन पढ़ने जाता तो अवश्य, परंतु मन लगा कर बिल्कुल नहीं पढ़ता। पिताजी प्रसन्न थे कि बेटा ट्यूशन पढ़ रहा था तो प्रथम नहीं तो कक्षा में प्रथम दस स्थान में अवश्य आ जाएगा, परंतु मुझे मालूम था कि ऐसा कुछ नहीं होने वाला है।

घर में तो मुझे अकेले किताब लेकर बैठना पड़ता था, परंतु ट्यूशन में मैं अपने उन दोस्तों के साथ बैठता जो मेरे जैसे ही थे। न मैं पढ़ता और न ही वे। बस समय गुजरने का इंतजार होता। जैसे ही समय पूरा होता, हम धीरे-धीरे गप्पें मारते हुए बाजार का चक्कर लगाकर घर पहुँचते। इससे हमें घर से बाहर रहने हेतु कम से कम दो घंटे मिल जाते वो भी अपने माँ-बाप को प्रसन्न रखकर। खैर, जो भी हो, हम भी खुश थे और हमारे परिवार वाले भी, वह भी तब तक जब तक हमारा परीक्षाफल नहीं आया था और जैसे ही परीक्षाफल आया, हम भी दुःखी थे एवं हमारे घर वाले भी। हम इसलिये कि हमें घर में डाँट सुननी पड़ी

और थोड़ी-सी मार भी खानी पड़ी। परिवार वाले इस कारण दु:खी थे कि उनके लाख प्रयत्न करने के उपरांत भी हम वैसे के वैसे ही थे।

परीक्षाफल आने का एक प्रभाव यह पड़ा कि मेरी ट्यूशन बंद करा दी गई। परंतु मेरा मन उन दोस्तों से मिलने को करने लगा जो मेरे साथ घूमा करते थे। अत: मैं घर से कुछ बहाना बनाकर बाहर जाने लगा। मैं अब अपने माँ-बाप के सामने झूठ बोलना सीख गया था। यह क्रम कई वर्षों तक चलता रहा जब तक हम आठवीं कक्षा में नहीं आ गये। शायद अब मेरे पिताजी को समझ में आ गया था कि मैं प्रथम तो आ ही नहीं सकता। इसलिये पिछले कुछ वर्षों से वे यही पूछते कि मैं पास हो गया?

आठवीं कक्षा का पाठ्यक्रम काफी अधिक था और मुझे किताबें देखकर ही लगने लगा कि पास होने में परेशानी हो सकती है, यदि मैं पिछले वर्षों की तरह लापरवाह रहा। मेरे मित्र अब उतना समय मुझे नहीं दे रहे थे जितना पहले देते थे। इसी समय मुझे एक नया मित्र मिला जो किसी दूसरे विद्यालय से आया था। न तो उसे पढ़ने की चिंता होती, न पास होने की। यहाँ तक कि वह घर से पैसे लाता और हमें चाट-पकौड़ी भी खिलाता। मुझे उसका साथ अच्छा लगने लगा। एक दिन उसने मुझे कहा कि हम सिनेमा देखने चलेंगे। मैंने डरते हुए कहा कि हम कक्षा छोड़कर जाएंगे तो पिटाई हो सकती है, परंतु उसने मुझे आश्वस्त किया, फिर भी मैं डरता रहा। हम दोनों सिनेमा देख आए एवं कक्षा खत्म होने पर अपने बस्ते लेकर घर आ गए। एक सप्ताह बीत जाने पर भी वैसा कुछ नहीं हुआ जैसा मेरे मन में विचार आया था। सब कुछ सामान्य ही चल रहा था। अत: पंद्रह दिन बाद हम लोग फिर सिनेमाघर में थे। पता नहीं क्यों, मुझे नया दोस्त बहुत अच्छा लगने लगा था। मस्तमौला, न पढ़ने की चिंता, न घर की और न माँ-बाप की।

जब अर्धवार्षिक परीक्षा का परिणाम आया तो मैं गणित व विज्ञान में फेल था। अत: मैंने अपना कार्ड पिताजी को दिखाया ही नहीं। मैंने मन ही मन सोचा कि पढ़ाई करनी ही चाहिये। घर में मैंने अधिक समय तक पढ़ाई आरम्भ की, परंतु अब काफी देर हो चुकी थी क्योंकि मुझे तो कई पाठ बिल्कुल नहीं आते थे। अत: दो दिन भी नहीं बीते कि मैं अपने दोस्त के साथ था। वह तीन विषय में फेल था, परंतु हमेशा की तरह बेफिक्र।

मैं छ: महीने से उसके साथ मौज-मस्ती कर रहा था, अत: एक दिन मैंने भी उसे खिलाने-पिलाने की योजना बनाई। इसके लिये मुझे पैसों की

आवश्यकता थी और मैंने उसका भी इंतजाम कर लिया। पिताजी की जेब से बीस रुपये निकाल लिये। उनकी जेब में आठ सौ रुपये पड़े थे। यही मेरी पहली चोरी थी। मन कह रहा था कि बीस रुपये की चोरी का पता पिताजी को नहीं लगेगा, फिर भी मन में बहुत डर था। वे बीस रुपये मैंने अपने बस्ते में नहीं रखे, अपितु एक किताब की जिल्द के अंदर छिपा दिये। जब तीन-चार दिन बीत गये एवं पिताजी ने कुछ नहीं कहा तो मैंने वे रुपये निकाले एवं अपने प्रिय दोस्त को जलपान कराया। मेरे दोस्त ने मुझसे कुछ पूछा तो नहीं, परंतु उसकी नजरों ने भाँप लिया था कि मैंने पैसे का इंतजाम कहाँ से किया था? एक दिन उसने कहा कि अगली शुक्रवार सिनेमा देखने चलेंगे और तुम्हें पैसों का इंतजाम करना है। इससे पहले वह टिकट खरीदता था और उसने मुझे इंतजाम करने के लिए नहीं कहा था, परंतु इस बार उसे शायद विश्वास था कि मैं इंतजाम कर लूँगा। उस दिन के बाद मैं मौका तलाशता रहा और एक दिन मौका पाकर मैंने पिताजी की जेब से पचास रुपये गायब कर दिये। अब की बार मैंने किताब की जिल्द में पैसे नहीं रखे, अपितु सीधे सिनेमा के टिकट खरीद लाया। शाम को मैंने पिताजी को माँ से कहते सुना कि लगता है कि मेरी जेब में पैसे अधिक थे। माँ ने कहा कि इतने ही होंगे, यहाँ कौन बाहर का है जो आपके पैसे निकालेगा। अब उन्हें क्या पता था कि पैसे बाहर वाले ने नहीं, घर वाले ने ही निकाले थे। हालात ये थे कि अब मेरा मन पढ़ाई में कम ही लगता था। इसका असर यह हुआ कि मैं आठवीं में फेल हो गया, जबकि मनीष दसवीं में प्रथम श्रेणी लाया। परिणाम आते ही मेरे पिताजी ने कहा कि देखो मनीष तो हीरा है, जबकि मेरा बेटा तो नालायक निकला। यह सुनते ही मुझे मनीष से इतनी ईर्ष्या हुई कि मैं बयान नहीं कर सकता। इस ईर्ष्या में, मैं यह भी भूल गया कि मैं फेल हो गया था। मैंने पिताजी को कह दिया कि मनीष इतना ही अच्छा है तो उसे ही रख लो। यह सुनते ही पिताजी इतने क्रोधित हुए कि मुझे चार थप्पड़ जड़ दिये। क्रोधित होकर वे बोले कि जुबान लड़ाता है, न पढ़ना, न लिखना, ऊपर से जुबान लड़ाना। मुझे भी गुस्सा आ गया और मैंने कह दिया कि मैं फेल हो गया तो मैं क्या करूँ? फिर क्या था, पिताजी ने वहीं पड़ी छड़ी से मेरी पिटाई कर दी। मैं पिटता रहा, परंतु मैंने उफ तक नहीं की, रोने की तो बात ही क्या?

फेल होने के उपरांत स्कूल वालों ने मुझे दाखिला नहीं दिया। पिताजी ने मुझे प्राइवेट फार्म भरवा दिया। जब मैं पूर्णकालिक पढ़ाई करके पास नहीं हो

सका तो बिना स्कूल जाए क्या पास होता? अतः मैंने पढ़ना लगभग त्याग ही दिया। घर से खा-पीकर निकल जाता, अपने ही तरह के लोगों से दोस्ती करता एवं मटरगश्ती भी। अब मैं सिगरेट भी पीने लगा था। छोटी-मोटी चोरी भी कर लेता। एक दिन मन में यह भी ख्याल आया कि क्यों न जिंदगी चोरी करके ही गुजार लूँ? शायद कुछ संस्कार शेष थे जिससे इस विचार का त्याग कर दिया, परंतु आवश्यकताओं के कारण घर में चोरी करना जारी रखा। अब पिताजी ने मारना-पीटना बंद कर दिया था। हाँ, माँ को अवश्य डाँट कर अपनी खीज निकालते रहते। वैसे भी मैं माँ की कहाँ सुनता था? मेरा काम था - माँ से खाना और पैसे माँगना। माँ अपनी ममता के कारण दोनों का इंतजाम कर देती। न तो मैं पिताजी से पैसे माँगता और न ही पिताजी मुझे देते। अब तो मैं उनसे बहुत कम बात करता था। कई-कई दिन बीत जाते हम दोनों में संवाद हुए। एक दिन मेरे दोस्त ने बताया कि उसने पास होने का ठेका दे दिया है। जब मुझे समझ में नहीं आया तो उसने बताया कि उसके स्थान पर कोई और परीक्षा दे देगा, पास होने की गारंटी है, परंतु एक हजार रुपये देने पड़ेंगे। यह बात मैंने पिताजी को बताई। कुछ सोचकर पिताजी ने रुपये देने की हामी भर ली और मैं भी निश्चिंत हो गया।

हुआ भी यही, और मैं आठवीं पास हो गया। पिताजी को कुछ सांत्वना मिल गई कि चलो बेटा आठवीं पास तो हो गया था। अब मैं भी हट्ठा-कट्ठा जवान हो चला था। वैसे भी मुझे किसी बात की फिक्र तो थी ही नहीं। आठवीं पास होने के बाद मैंने नौवीं में दाखिला नहीं लिया और सीधे दसवीं करने की सोच ली। पिताजी भी जानते थे कि न तो मुझे नौवीं में पास होना है न दसवीं में। जब मैं दसवीं का फार्म भर रहा था तो मनीष इंजीनियरिंग का। मैंने दसवीं में प्राइवेट अभ्यर्थी के रूप में दाखिला लिया और उसने इंजीनियरिंग कालेज में।

एक दिन मनीष मेरे घर आया जब माँ, पिताजी और मैं घर पर ही थे। माँ और पिताजी के पैर छूकर वह उनके पास बैठ गया। मैंने देखा कि उसके लिये माँ-पिताजी का प्यार उमड़ रहा था एवं उसकी आवभगत में कोई कमी नहीं हो रही थी, जबकि मेरे लिये ऐसा कुछ कभी नहीं किया गया था। न जाने क्यों, मुझे उससे मन ही मन नफरत होने लगी। मैंने सुना, पिताजी मनीष को कह रहे थे कि बेटा, अपने भाई को भी कुछ समझाओ कि पढ़ा करे। हमारे लाख समझाने के बावजूद वह नालायक का नालायक ही रहा। यह सुनकर मेरे मन में आग लग गई और मैं वहाँ से उठकर बाहर चला गया।

उसके बाद मुझे लगा कि मैं ऐसा काम करूँ जो पिताजी ने सोचा भी न हो, चाहे वह अच्छा हो या बुरा। मन में विचार आया कि मनीष के हाथ-पैर तुड़वा दूँ, परंतु इससे कुछ नहीं होने वाला था। कई विचार मन में आए, लेकिन मैं किसी निष्कर्ष पर नहीं पहुँच सका। किसी निष्कर्ष पर न पहुँचने पर मैंने यह बात अपने प्रिय मित्र को बताई। उसने मुझे हाथ-पैर तोड़ने से लेकर उसे मार डालने तक के सुझाव दिए, परंतु मुझे कोई सुझाव पसंद नहीं आया क्योंकि मैं शारीरिक रूप से उसे हानि नहीं पहुँचाना चाहता था। वैसे भी मनीष ने मुझे कोई शारीरिक हानि नहीं पहुँचाई थी। उसने मुझे केवल मानसिक यातना दी थी वह भी बिना कुछ कहे, अत: मैं भी उसे मानसिक यातना ही देना चाहता था। इसका उपाय भी मुझे मिल गया जब मैंने अगले दिन समाचार पत्र में किसी के अपहरण की खबर पढ़ी। मैंने यह विचार अपने मित्र को भी बता दिया। वह भी मेरे विचार पर सहमत हो गया, परंतु इस शर्त पर कि हम उसके पिता से अच्छी फिरौती माँगेंगे। हमने इस दिशा में काम करना भी आरम्भ कर दिया। हमारा साथ देने दो मित्र और तैयार हो गये। अगले एक माह योजना तैयार कर हम चारों ने मनीष के हॉस्टल जाकर उसका अपहरण कर लिया। मैंने अपहरण फिरौती के लिए नहीं, केवल अपने 'नालायक' के ठप्पे को मिटाने के लिए किया था परंतु अपहरण करने के बाद जब मैं मनीष से मिला तो उसने मुझे कहा कि भाई, तुमने यह गलत काम किया है। जब चाचाजी को पता चलेगा तो उनके ऊपर क्या गुजरेगी, इसका अंदाजा लगाना मुश्किल है। अभी भी समय है मुझे छोड़ दो, मैं किसी को कुछ नहीं बताऊँगा। यह सुनकर मेरा दिल पसीज गया और मैंने अपने साथियों से मनीष को छोड़ने के लिए कहा, परंतु वे सब हँसने लगे और कहने लगे कि नालायक है क्या, हमने छोड़ने के लिए इसका अपहरण किया है?

अब मेरी समझ में आ गया था कि पिताजी का आकलन बिल्कुल सही था कि मैं नालायक हूँ।

✽   ✽   ✽

भगवान का रूप

वे बच्चों की एक संस्था के लिए कार्य करते थे। देश-विदेशों से भरपूर अनुदान आता, आखिर बच्चों की पढ़ाई-लिखाई एवं उनके रहन-सहन को सुधारने के लिए उनकी संस्था कार्य जो कर रही थी।

उनकी संस्था की शाखाएँ देश के कई शहरों में खुल चुकी थीं। वे संस्था के अध्यक्ष थे, अतः उन्हें समय की बेहद कमी थी। कभी इस शहर, कभी उस शहर। अब इतने व्यस्त महानुभाव बस, रेलगाड़ी अथवा कार से सफर कर अपना समय तो बरबाद नहीं कर सकते, अतः हवाई यात्रा करना उनकी मजबूरी थी। हवाई यात्रा - संस्था के लिए, संस्था के खर्च पर।

कल उन्होंने बिहार में नई शाखा का उदघाटन किया था एवं एक ओजस्वी भाषण भी दिया था। आज सुबह जब वे वहाँ से दिल्ली आए तो अखबारों में अपनी फोटो देखकर बड़े प्रसन्न हुए थे। फोटो एवं भाषण की एक प्रति वे अपने पास रखना न भूलते।

बच्चे भगवान का रूप होते हैं, बच्चों को दुत्कार नहीं प्यार दीजिए। यह हमारा दुर्भाग्य है कि हमारे देश में बच्चों से काम कराया जाता है। ऐसी जगह जहाँ बच्चों से काम कराया जाता हो, आप उसका बहिष्कार कीजिए। यही सब तो कल उन्होंने कहा था।

घर पहुँचे तो देखा कि पत्नी एक कबाड़ी को रद्दी बेच रही थी। वे दरवाजे पर ठिठक गए। एक छोटा लड़का कबाड़ खरीद रहा था। उन्होंने देखा कि लगभग दस किलो रद्दी उसने पाँच किलो तौली थी। उन्होंने लड़के से कहा कि दस किलो से अधिक रद्दी पाँच किलो तौलता है। तुझे तो पुलिस में पकड़वा दूँगा।

लड़के ने जवाब दिया, 'अंकल, किसी से भी तुलवा लीजिए, कहो तो आपके सामने फिर तौल दूँ।'

उन्हें गुस्सा आ गया। 'साले, जुबान लड़ाता है,' कहकर झन्नाटेदार थप्पड़ उसे जड़ दिया।

हाँ, कल ही तो उन्होंने कहा था, 'बच्चे भगवान का रूप होते हैं।'

* * *

भेदभाव

उनकी तैनाती कल ही हुई थी। इस कार्यालय में दो ही अधीनस्थ अधिकारी थे, बाकी बीस कर्मचारी। उन्होंने सबको बुलाकर भाषण दिया कि उनके लिए सभी समान हैं, वे किसी से भेदभाव नहीं करेंगे।

शाम को उन्होंने आधी-आधी फाइलें की। एक अधिकारी को बुलाया। 'ये फाइलें आप देखेंगे।'

'जी', अधिकारी फाइलें समेट कर चला गया।

उन्होंने दूसरे अधिकारी को बुलाया। आधी फाइलें उसे ले जाने के लिए कहा।

'नहीं सर, मैं इतना काम नहीं कर सकता। एक माह से विभाग ने मेरी पदोन्नति तक नहीं की है।'

उन्होंने उस अधिकारी को डाँटा, 'तुम्हें यह काम करना ही पड़ेगा।'

'नहीं करूँगा और हाँ, मुझसे पंगा मत लेना। मैंने आप जैसे कईयों को ठीक कर दिया है।'

उन्होंने कहा, 'अरे बैठिए, कोई बात नहीं, आप चिंता मत करिए।' परंतु अधिकारी वहाँ से चला गया। फाइलें वहीं पड़ी रहीं।

उन्होंने पहले अधिकारी को फिर बुलाया और बोले, 'यदि तुमने ठीक से काम नहीं किया तो मैं तुम्हारी सी. आर. खराब कर दूँगा। हाँ, उठाओ ये फाइलें और काम में लग जाओ।' अधिकारी फाइलें उठाकर चुपचाप चला गया।

सुबह ही तो उन्होंने समानता की बात कही थी।

✳ ✳ ✳

सदाचार

वे परिवार सहित हर मंगलवार मंदिर जाते। कभी-कभी मैं भी अपने परिवार सहित उनके साथ चला जाता।

रास्ते में वे शिक्षा देते कि मंदिर में शुद्ध तन, मन से जाना चाहिए एवं इच्छानुसार धन भी अर्पित करना चाहिए। वे यह भी बताते कि वे लगभग तीस वर्षों से हर मंगलवार मंदिर जाते हैं एवं कभी भी वहाँ उनके अंदर बुरे विचार नहीं आए। वे सदैव सदाचार की बातें ही सोचते हैं।

मैं उनसे हमेशा प्रभावित रहता।

एक दिन मैं उनके साथ परिवार सहित मंदिर गया। जब दर्शन कर वापिस आए तो देखा कि उनके बेटे की चप्पलें कोई पहन गया था। उन्होंने पहले तो उस चोर को कई गालियां दी, फिर अपने बेटे से बोले, 'तू भी किसी की पहन ले।'

बेटे ने किसी और की चप्पलें पहनीं और हम सब घर वापिस आ गए।

वे अब भी सदाचार की बातें करते हैं।

मेरे चाचाजी का कहना था कि वे किसी भी व्यक्ति का चेहरा देखकर उसकी पहचान कर लेते हैं। वे एक बार किसी को देखते और अपना ज्ञान उड़ेल देते कि अमुक धार्मिक व्यक्ति होगा, अमुक चोर, अमुक भावुक इत्यादि। अब हमारे पास कोई ऐसा पैमाना तो था नहीं कि उनका ज्ञान माप सकें, अतः हम उनकी हाँ में हाँ मिला देते।

एक बार हम परिवार सहित अपनी गाड़ी से एक विवाह में दूर-दराज के गाँव जा रहे थे। परिवार में औरतें भी थी जो गहने पहने हुए थीं। औरतों को चाचाजी ने जल्द तैयार होने के लिये कहा भी था, लेकिन वैसा नहीं हुआ और हम लोग देर से ही निकल पाए।

शाम हो रही थी और हम एक डाकू ग्रस्त क्षेत्र से गुजर रहे थे कि अचानक गाड़ी बंद हो गई। अथक प्रयास के बावजूद गाड़ी नहीं चली। हाँ, इस प्रयास में रात हो गई।

आसपास कोई दिखाई नहीं दे रहा था। अब हम सब डर रहे थे। कोई रास्ता न सूझने पर चाचाजी केवल मुझे साथ लेकर आसपास किसी की सहायता लेने आगे बढ़े। लगभग एक किलोमीटर जाने पर हमें एक मकान दिखाई दिया। मकान की कुंडी खटखटाने पर अंदर से एक बड़ी-बड़ी मूंछ वाले लम्बे-तगड़े व्यक्ति ने दरवाजा खोला। उसे देखकर लगा कि हम स्वयं एक डाकू के घर आ पहुँचे हैं। कोई चारा न देखकर, चाचाजी ने डरते-डरते उस व्यक्ति को पानी पिलाने के लिए निवेदन किया। जैसे ही वह व्यक्ति मुड़ा, उन्होंने मुझसे कहा कि लगता है हम किसी डाकू के घर आ गए हैं। जब उस व्यक्ति ने हमें पानी पिलाकर बैठने को कहा तो चाचाजी ने उनसे कहा कि हमारी गाड़ी खराब हो गई है एवं परिवार को छोड़कर वे पैदल ही यहाँ आए हैं।

उन्होंने आवाज देकर तुरंत अपने बेटों को बुलाया और उनसे कहा कि वे अपनी गाड़ी ले जाकर हम लोगों को हमारे गंतव्य स्थान तक छोड़ आयें। फिर चाचाजी से कहा कि आप निश्चिंत रहें, मेरे बेटे आपको एवं आपके परिवार को कुशलतापूर्वक पहुँचा देंगे। वैसे आपको दिन में यहाँ से निकल जाना चाहिए था क्योंकि यह क्षेत्र बहुत खराब है। हाँ, गाड़ी की चिंता न करें, कल आपके यहाँ पहुँचा देंगे।

चाचाजी ने उन्हें गाड़ी सुधारवाने हेतु रुपये देने चाहे तो उन्होंने साफ मना कर दिया। उनके बेटे हम सबको कुशलपूर्वक गाँव पहुँचा आए एवं अगले दिन गाड़ी भी ले आए।

अब चाचाजी कभी नहीं कहते कि वे किसी भी व्यक्ति का चेहरा देखकर उसे पहचान लेते हैं।

भीख

वे एक बड़े सरकारी अधिकारी थे एवं अपने प्रदेश की राजधानी से दिल्ली स्थित अंतर्राष्ट्रीय बैंक से एक परियोजना हेतु वित्तीय सहायता लेने आए थे।

बैंक अधिकारी उनसे मिला। उसने स्पष्ट किया कि यह वित्तीय सहायता कर्ज के रूप में होगी एवं परियोजना की रूपरेखा एवं उसका क्रियान्वयन उनके दिशा-निर्देशों के अनुसार ही होगा।

परियोजना पर विचार-विमर्श आरम्भ हुआ। सरकारी अधिकारी चाहते थे कि बैंक प्राथमिक शिक्षा के प्रसार हेतु वित्तीय सहायता प्रदान करें, जबकि बैंक अधिकारी उच्च शिक्षा हेतु ही कर्ज देना चाहता था। सरकारी अधिकारी ने दलीलें दी कि उनके प्रदेश में अभी मात्रा बाइस प्रतिशत लोग ही पढ़े-लिखे हैं, अतः प्राथमिक शिक्षा को ही प्राथमिकता मिलनी चाहिए।

बैंक अधिकारी टस से मस नहीं हुआ। अंत में सरकारी अधिकारी ने उससे कहा कि मैं आपसे याचना करता हूँ कि आप प्राथमिक शिक्षा की परियोजना यदि मंजूर नहीं कर सकते तो इसके लिए अतिरिक्त वित्तीय सहायता दे दें।

बैंक अधिकारी ने तपाक से उत्तर दिया कि नहीं, हम प्राथमिक शिक्षा के लिये एक पैसा भी नहीं देंगे।

वे अनमने ढंग से अपने शहर वापिस आ गए।

सरकारी गाड़ी उन्हें हवाई अड्डे से उनके कार्यालय ले जा रही थी तभी चौराहे की लाल बत्ती पर एक भिखारी ने उनसे याचना की, 'साहब, कुछ दे दो।'

उन्होंने अधखुले शीशे से भिखारी को दुत्कारा, 'आगे चलो, कुछ नहीं मिलेगा।' वैसे भी वे भिक्षावृत्ति के खिलाफ थे एवं आज तक उन्होंने किसी भी भिखारी को एक पैसा नहीं दिया था।

अचानक उन्हें कुछ याद आया। उन्होंने भिखारी को वापिस बुलाया और उसे पाँच रुपये का नोट दे दिया।

पता नहीं, भीख देने के बाद आज उनकी आँखें क्यों नम हो गयीं।

* * *

पागल

मुख्य अभियंता का दौरा होने वाला था। कार्यपालक अभियंता ने पूरा इन्तजाम कर लिया, आखिर यह उनका पहला दौरा था। यदि पहला ही दौरा खराब हो गया तो समझो गई भैंस पानी में।

साहब को कार्यपालक अभियंता सरकारी गाड़ी में लेने हवाई अड्डे पहुँचे। रास्ते में शहर का इतिहास एवं भूगोल बताते रहे। साहब कार्य के बारे में जानना चाहते थे, कार्यपालक अभियंता शहर के बारे में बताना चाहते थे। रात हो गई थी, अत: उन्हें अतिथिगृह पहुँचा दिया।

सुबह आठ बजे कार्यपालक अभियंता अतिथिगृह में थे। साहब को नाश्ते में सब कुछ रखवा दिया - कुछ वहीं से बनवाकर, बाकी बाहर से लाकर। साहब ने थोड़ा खाया, वह भी शाकाहारी।

अब साइट पर निरीक्षण होना था। साहब साइट पर पहुँचे ही थे, सामने चाय, सूखे मेवे एवं नाश्ता रखा हुआ था। कार्यपालक अभियंता ने चाय पीने के लिए निवेदन किया। साहब ने मना कर दिया।

निरीक्षण ऐसा कि कार्यपालक अभियंता एवं ठेकेदार, दोनों को मुश्किल होने लगी। कार्य की गुणवत्ता सामान्य थी। उन्होंने कार्यपालक अभियंता को डाँट लगाई, 'कार्य का भुगतान तभी हो जब कमियाँ दूर हो जायें। नहीं करा सको तो अपना बोरिया-बिस्तर बाँध लो।'

साहब को दोपहर के खाने पर ले जाना था। मुख्य अभियंता ने मना कर दिया। वे अपने मित्र के यहाँ खाना खाने चले गये। दोपहर बाद दूसरी साइट का निरीक्षण होगा।

कार्यपालक अभियंता ने अपने साथी से विचार-विमर्श किया। साहब की नाराजगी कैसे दूर की जाये। उसने सुझाव दिया, साहब को पंचतारा होटल में डिनर करा दें।

शाम को निरीक्षण के बाद जो सुबह की तरह ही था, कार्यपालक अभियंता साहब को डिनर पर ले गए। जैसे ही उनकी कार एक पंचतारा होटल के

दरवाजे से अंदर जाने लगी, साहब ने पूछा कि क्या वे इस होटल मे डिनर करने जा रहे हैं?

कार्यपालक अभियंता ने चहक कर जवाब दिया, 'हाँ सर।' मुख्य अभियंता ने गाड़ी रुकवाई, गाड़ी से उतरे एवं कार्यपालक अभियंता से बोले, जाओ। यहाँ खाना खाना मेरे बूते के बाहर है।'

कार्यपालक अभियंता महोदय अवाक थे। थोड़ी देर में उन्होंने अपने साथी को फोन किया और इस घटना का विवरण दिया। उनका साथी बोला, 'क्या तुम्हारा बॉस पागल है?'

✳ ✳ ✳

असंवेदनशील

समुद्र तट पर एक महिला अपनी बीमार बेटी को रेत पर लिटाए हुए थी।
'बाबूजी एक रुपया दे दो, बेटी बीमार है।'
लोग देखकर आगे बढ़ गये।
आगे एक आदमी ने रेत पर ही देवी की मूर्ति उकीर्ण रखी थी।
लोग पाँच-दस रुपये फेंकते जा रहे थे, बिना माँगे।
जिंदा लड़की की कीमत रेत पर बनी मूर्ति से भी कम, वह भी भारत जैसे धर्मपरायण देश में, जहां कन्याओं की पूजा की जाती है।

✳ ✳ ✳

त्याग

सत्संग चल रहा था। त्याग पर प्रवचन हो रहा था।

यह संसार दु:खों का भंडार है। शरीर नश्वर है। यदि अपना जीवन सफल बनाना है एवं मोक्ष प्राप्त करना है तो त्याग अपनाइए।

किसी ने पूछा, 'महाराज, त्याग किस का?'

'मोह-माया का। यदि मोह-माया त्याग दोगे, तो यह लोक एवं परलोक सुधार जाएगा।'

'महाराज, मोह-माया तो रहेगी ही।'

'नहीं, मोह-माया तो नरक की सीढ़ी है। यदि आप एकदम से मोह-माया का त्याग नहीं कर सकते तो धन के त्याग से धीरे-धीरे आरम्भ कीजिए। आप यहाँ भरपूर दान दीजिए जिससे उसका सदुपयोग किया जा सके।'

कई लोग उठे, वहाँ रखे थाल में अपने बटुए खाली कर दिए।

आरती हुई, भक्त गण अपने-अपने घर चले गए।

महाराज ने रुपये उठाए और भगवा चोला उतार टी-शर्ट, जींस पहनी और कार लेकर बाहर चले गए।

भक्तों ने माया का त्याग किया और कथित महाराज ने भगवा चोले का।

✳ ✳ ✳

लोभ

पंडितजी प्रवचन दे रहे थे, भक्त उसका भरपूर आनंद ले रहे थे। काम, क्रोध, मद, लोभ, इन चारों को त्याग दो, भगवान को प्राप्त कर लोगे।

किसी ने पूछा, 'पंडितजी, आपने भगवान को देखा है?'

'जब भी मैं आँख मूंदकर भगवान का ध्यान करता हूं, भगवान के दर्शन हो जाते हैं।'

किसी ने पूछा, 'क्या आपने काम, क्रोध, मद एवं लोभ पर विजय प्राप्त कर ली है?'

'काफी हद तक', पंडितजी ने कहा। 'हाँ, आप भी ऐसा कर सकते हैं। केवल अपने मन पर काबू रखिए।'

पंडितजी जो भक्त दे देते, उसी में संतोष कर लेते। किसी से कुछ नहीं माँगते। उनका मानना था कि उन्होंने लोभ पर काबू पा लिया है।

अगले दिन एक भक्त आया जो कई दिनों से उनके सत्संग में आ रहा था और भरपूर दान भी दे रहा था। उसने पंडितजी को बताया कि उसने एक बिजनेस आरम्भ किया है। जो इस बिजनेस में धन लगायेगा, वह एक वर्ष में तीन गुना हो जाएगा।

पंडितजी ने अपनी कमाई तीन गुना करने के लिए उसे सौंप दी।

अगले दिन उन्होंने अखबार में पढ़ा कि वे महाशय सबका पैसा लेकर चंपत हो गए थे।

अब पंडितजी को समझ में आया कि वे लोभ पर ही काबू नहीं कर पाए हैं तो काम, क्रोध और मद पर इस ज़िंदगी में काबू कैसे कर पाएंगे?

✳   ✳   ✳

बदलाव

सदियों से देश में संयुक्त परिवार का चलन था। जहाँ जवान लोग कार्य करते, कमाते और वृद्ध एवं बच्चे खाते-पीते। वैसे यह सोचा जाता कि वृद्ध कोई कार्य नहीं करते, परंतु ऐसा नहीं था, वे बच्चों की तथा घरों की देखभाल करते एवं घर के कई छोटे-मोटे काम करते। यही कार्य यदि किसी और से करवाए जाते तो काफी खर्च होता।

परंतु घरों का आकार छोटा होने लगा, पीढ़ियों के बीच दूरियाँ बढ़ने लगीं एवं सहनशीलता कम होने लगी तो संयुक्त परिवारों की परिपाटी टूटने लगी ऐसी कि जैसे वृद्ध घर के सदस्य हैं ही नहीं। जवान दूसरे वृद्धों से तो शालीनता से व्यवहार करते, बात करते, परंतु अपने घर वालों से उतनी ही तल्खी से पेश आते।

समस्या दिन प्रतिदिन बढ़ती जा रही थी, अत: सरकार को वृद्धों के बारे में सोचना पड़ा। एक योजना लाई गई जिसमें वृद्धों को पेंशन दी जायेगी। साठ वर्ष से ऊपर वाले जिनके पास कमाई के कोई साधन नहीं थे, उन्हें पाँच सौ रुपये माह पेंशन। योजना लागू भी हो गई।

अब इस देश में उम्र का कोई सही लेखा-जोखा तो होता नहीं, खासतौर से गाँवों में अथवा बिना पढ़े लोगों के पास। कभी-कभी तो ऐसा भी होता है कि पढ़े-लिखे सरकारी लोगों को तीस वर्ष की नौकरी करने के बाद पता चलता है कि उनकी उम्र वह नहीं है जो रिकार्ड में लिखी है। सरकार उन्हें रिटायर करने वाली है तभी उन्हें अपनी असली उम्र याद आ जाती है वह भी जब कम हो। वैसे सरकारी नौकरी में कुछ कर्मचारी ऐसे भी होते हैं जिनके बाप की उम्र यदि पचास वर्ष होती है तो बेटे की चालीस वर्ष। ऐसे भी कर्मचारी मिलेंगे जो चालीस वर्ष की उम्र में अपने सहारे चल भी नहीं सकते। आप उनकी उम्र का अंदाजा आसानी से लगा सकते हैं, परंतु उनके रिकार्ड नहीं क्योंकि रिकार्ड देख तो नहीं सकते। शहरों में ऐसे लोगों की उम्र या तो डॉक्टर

तय करते हैं अथवा वे स्वयं। गाँवों में यह कार्य या तो मास्टरजी करते हैं या गाँव का प्रधान।

एक ऐसा ही गाँव था जिसमें पचास वृद्ध थे। जिनमें तीस ऐसे थे कि उनकी अपनी जायदाद काफी थी एवं उन्हें खाने-पीने की कोई कमी नहीं थी। रहते भी थे अपने संयुक्त परिवार में, पर जायदाद उनके बेटों के नाम थी। बीस वृद्ध ऐसे भी थे जिनके खाने-पीने की वास्तव में समस्या थी। वैसे भी ये वे लोग थे जिनके बच्चे कमाई के लिए बाहर गए हुए थे। उन्हें पेंशन की आवश्यकता थी भी। गाँव में थे भी कुल सौ परिवार।

वृद्धावस्था पेंशन की योजना आते ही गाँव में हलचल शुरू हो गई। सबसे पहले प्रधानजी ने अपने माता-पिता का नाम ही लिखवाया। उसके बाद जो भी प्रधानजी के पास आता, प्रधानजी उसके प्रार्थना पत्र पर उसके उम्र की संस्तुति कर देते। इस दरियादिली का फायदा भी प्रधानजी को मिलता।

जब सभी प्रार्थना पत्र तहसील पहुँचे तो पता चला, गाँव में एक सौ दस वृद्ध थे। इन सभी की उम्र की संस्तुति प्रधानजी एवं पटवारी द्वारा की गई थी।

दस वृद्ध लोगों की संस्तुति नहीं हुई क्योंकि उनके पास न तो आयु का प्रमाण पत्र था और न ही प्रधानजी ने उनकी संस्तुति की। कारण पता नहीं।

परंतु रातों-रात साठ जवान बूढ़े हो गए थे और दस गायब। ऐसा बदलाव पहले कभी नहीं सुना।

सपने की बात पर क्या विश्वास?

बापू

2 अक्टूबर आने वाला था। मंत्रीजी ने आदेश दिया कि 2 अक्टूबर धूमधाम से मनाया जाए एवं उनके मंत्रालय के सभी अधिकारी एवं कर्मचारी उपस्थित रहें।

बड़े अधिकारी ने एक मीटिंग बुलाई। गांधी जयंती मनाने एवं सबको उपस्थित रहने का आदेश जारी करने का निर्देश हो गया। अब कार्यक्रम की रूपरेखा पर चर्चा होने लगी।

कार्यक्रम में किस-किसको आमंत्रित करना है और कौन कहाँ बैठेगा, इस पर सर्वप्रथम चर्चा आरम्भ हुई। मंत्रीजी तो आएंगे ही, पार्टी अध्यक्ष भी आएंगे एवं अन्य नेतागण। फिर सचिव, अतिरिक्त सचिव, संयुक्त सचिव एवं अन्य अधिकारी एवं कर्मचारी। वर्ग 'ए', 'बी', 'सी' एवं 'डी' के अन्य कर्मचारियों को भी बुलाया जाए इससे स्थान भरा दिखाई देगा।

मंत्रीजी एवं अन्य नेताओं को आगे बिठाया जाएगा, उनके बैठने के स्थान पर फोम के गद्दे, चद्दर एवं तकिए रखे जायेंगे। संयुक्त सचिव एवं उनके स्तर से ऊपर के अधिकारी भी यहीं बैठेंगे। इसके पीछे केवल दरी बिछाई जायेगी जिस पर अन्य अधिकारी बैठेंगे। दूसरी और घास पर अराजपत्रित कर्मचारियों के बैठने की व्यवस्था की गई। वर्ग 'घ' के कर्मचारियों को सबसे पीछे खड़े रहेंगे। वैसे इतनी जगह थी कि सभी अधिकारी एवं कर्मचारी संयुक्त रूप से इकट्ठे बैठ सकें, परंतु उनके पद के अनुसार उन्हें साथ-साथ तो नहीं बिठाया जा सकता। हो सकता है कि कुछ बाहर के लोग भी आ जायें।

जयंती मनाने के पश्चात् खानपान की व्यवस्था की भी योजना बनी। नेताओं एवं उच्च अधिकारियों के लिए खाना-पीना उच्च स्तर का एवं अन्य के लिए अलग स्तर का। वर्ग 'ग' एवं 'घ' के लिए कोई आवश्यकता नहीं।

योजना की रूपरेखा मंत्रीजी को बताई गई। मंत्रीजी नए-नए थे, अतः उन्होंने पूछ लिया कि जब गांधीजी वर्ग व्यवस्था के खिलाफ थे एवं सभी को समान मानते थे तो आप उनके जन्मदिन पर क्यों असमानता को बढ़ावा दे रहे हैं?

थोड़ी देर के लिए बड़े अधिकारी महोदय का चेहरा सपाट हो गया, परंतु उन्होंने भी कई मंत्रियों के साथ कार्य किया था। कुछ सोचकर बोले, 'सर, आपकी एवं पार्टी अध्यक्ष की सुरक्षा के लिए यह नितांत आवश्यक है, वैसे तो हम सभी कर्मचारियों एवं अधिकारियों को समान ही मानते हैं।' हाँ, स्वल्पाहार की व्यवस्था सभी वर्गों के लिए कर दी गई।

समारोह आरम्भ हुआ तभी वहाँ से निकल रहे एक लाठी टेकते बुजुर्ग ने प्रवेश करने की चेष्टा की। सुरक्षाकर्मियों एवं आयोजकों ने उन्हें अंदर प्रवेश नहीं करने दिया।

समारोह सम्पन्न हो गया। मंत्री से संत्री तक सभी प्रसन्न थे एवं वहाँ से प्रस्थान कर गए थे। उनके जाने के पश्चात् जब एक गांधीवादी ने उन बुजुर्ग को बाहर खड़े देखा तो वे उनके पास पहुँचे और कहने लगे कि अब आप भी पुष्प अर्पण कर लें। जैसे ही उस गांधीवादी ने उनका चेहरा देखा, वे उन्हें पहचान गए।

हाँ, वे बापू ही थे।

अपमान

पढ़ाई में वह ठीक-ठाक था। घर की परिस्थिति ऐसी नहीं थी कि कोचिंग ले सकता। उसके पिताजी ने स्वतंत्रता संग्राम में भाग भी लिया था, परंतु वे इतने सम्पन्न नहीं थे कि बेटे की पढ़ाई का व्यय वहन कर सकें।

जब वह प्राइमरी स्कूल में ही था तो तिरंगे को फहराने के समय उसे ही बुलाया जाता। वह झंडे को तह करने, उसे डोरी में बाँधने एवं ध्वज दंड पर चढ़ाने में कुशल हो गया था। वैसे भी जब ध्वजारोहण होता तो वह सावधान की मुद्रा में खड़ा होता एवं झटके से अभिवादन करता। राष्ट्रगान के समय तो उसकी मुद्रा देखने लायक होती। उसे ही राष्ट्रगान गाने के लिए चुना जाता। उसे इस सब से बड़ी प्रसन्नता होती। स्वतंत्रता संग्राम सेनानी का पुत्र तो था ही, देशभक्ति का जुनून भी उसमें घर कर गया था।

जब वह छठी कक्षा में आया तो उसके पिताजी का देहांत हो गया। अब उसे आगे पढ़ना भारी पड़ने लगा था। जैसे-तैसे उसने आठवीं पास की और पढ़ाई छोड़कर खेती-बाड़ी के काम में लग गया। माँ, एक भाई और दो छोटी बहनें। सबकी देखभाल करना मुश्किल हो गया था। खेती इतनी तो थी नहीं कि साल भर का खर्च चलता, अत: दूसरों के खेतों में मजदूरी करने लगा। जब खेती-बाड़ी का काम नहीं होता तो किसी के घर में मजदूर की आवश्यकता पड़े तो भी चला जाता। एक राजमिस्त्री के साथ लग गया, इससे उसके परिवार का कुछ जुगाड़ हो गया। राजमिस्त्री के साथ लगने का उसे फायदा होने लगा। कभी-कभार जब राजमिस्त्री थक जाता, उसे चिनाई एवं सीमेंट के काम करने के लिए कह देता, अत: छोटा-मोटा कार्य उसे आने लगा। चार वर्ष राजमिस्त्री के साथ रहकर उसे भी यह कार्य आने लगा।

तभी एक सरकारी विभाग में राजमिस्त्री की जगह निकली। उसने भी अपना प्रार्थना पत्र भेज दिया। भगवान की दया कहिए अथवा उस अधिकारी की कृपा जिसने साक्षात्कार लिया और जब उसने बताया कि वह एक स्वतंत्रता

सेनानी का बेटा है, तो उसने उसका चयन कर लिया। अठारह वर्ष की आयु में ही वह सरकारी विभाग में आ गया।

सरकारी विभाग में भी ध्वजारोहण के कार्य होते रहते थे, लेकिन यहाँ सुरक्षाकर्मी ही यह कार्य करते। उसका मन करता कि उसे भी ध्वजारोहण की रस्सी बाँधने को मिल जाए। स्कूल की यादें उसका साथ न छोड़ती। उसे यह कार्य तो नहीं मिला, परंतु वह हमेशा ध्वजारोहण एवं राष्ट्रगान में सम्मिलित होता और सावधान की मुद्रा में खड़े रहकर उसे नमन करता।

राजमिस्त्री का कार्य करते-करते उसके बाल सफेद होने लगे। आज तक कोई ऐसा समय नहीं था जब ध्वजारोहण में सम्मिलित न हुआ हो और राष्ट्रगान के समय उच्च स्वर में राष्ट्रगान गाकर सावधान मुद्रा में खड़ा न हुआ हो। पता नहीं उसे यह अच्छा लगता था अथवा यह उसकी आदत में सम्मिलित हो गया था। कुछ भी हो, स्कूल के बाद उसे राष्ट्रध्वज की डोरी बाँधने का सौभाग्य प्राप्त नहीं हुआ। आज भी वह मन से चाहता था कि उसे कम से कम एक बार यह सम्मान मिले।

इस वर्ष उसका रिटायरमेंट है। वह कुछ-कुछ बीमार भी रहने लगा है। विभाग आंतकवाद विरोधी दिवस मनाने जा रहा है जिसमें सभी अधिकारियों एवं कर्मचारियों को शपथ दिलाई जायेगी एवं उसके पश्चात् राष्ट्रगान होगा। बीमार होने के बावजूद उसमें जोश आ गया। वह छुट्टी नहीं लेगा, उस दिन शपथ भी लेगा एवं राष्ट्रगान भी गायेगा। क्या अच्छा हो, यदि रिटायरमेंट के पहले उसे राष्ट्रध्वज की डोरी बाँधने एवं ध्वज को ऊपर बाँधने का अवसर प्राप्त हो जाये?

आंतकवाद विरोधी दिवस के दिन उसकी तबियत और खराब हो गई। उसे बुखार आ गया एवं शरीर जवाब देने लगा। फिर भी वह शपथ समारोह में शामिल होने पहुँच गया। वह चाहता था कि आज उसे राष्ट्रध्वज बाँधने का सौभाग्य प्राप्त हो जाये और वह सावधान मुद्रा में खड़े होकर राष्ट्रगान गाये।

विभागाध्यक्ष ने सबको शपथ दिलाई। शपथ लेते-लेते उसके पैर जवाब दे गए और दीवार का सहारा लेकर वह वहीं बैठ गया। जैसे ही शपथ समारोह समाप्त हुआ, राष्ट्रगान आरम्भ हो गया। चाहकर भी वह उठ न सका और बैठे-बैठे ही उसने राष्ट्रगान गाया। तभी विभागाध्यक्ष की उस पर नजर पड़ गई और उन्होंने अपने प्रशासनिक अधिकारी को कुछ आदेश दिए।

समारोह के पश्चात् वह अपने ड्यूटी रूम में गया। थोड़ा आराम कर वह छुट्टी लेकर घर जाना चाहता था, तभी उसे प्रशासनिक अधिकारी से कारण बताओ आदेश प्राप्त हुआ जिसमें उस पर राष्ट्रगान के समय खड़ा न होने पर उसका अपमान करने के लिए मुअत्तिल कर दिया गया था।

बेचारा अचंभित था कि कहाँ वह सुबह राष्ट्रध्वज की डोरी बाँधने का ख्वाब लेकर चला था और जा रहा है उसके अपमान का दाग लेकर।

घर जाकर उसने किसी से भी कुछ नहीं कहा। बस, रात भर जागता रहा एवं प्रशासनिक अधिकारी से मिले पत्र को निहारता रहा। पत्नी ने कई बार उससे सोने हेतु कहा, परंतु वह टालता रहा।

सुबह सबने देखा कि उसके घर से उसकी अर्थी निकल रही है। पता नहीं इसका कारण राष्ट्रध्वज का अपमान था, उसका स्वयं का या उसकी बीमारी।

ताज़ा मिठाई

मालूम नहीं, यह परम्परा किसने बनाई कि जब बड़े साहब के पास जाओ तो मिठाई का डिब्बा साथ ले जाओ। शायद यह हलवाइयों के दिमाग की उपज रही होगी जिससे उनकी मिठाई की बिक्री में बढ़ोत्तरी हो सके। एक बार जब गणेश जी ने दूध पीना आरम्भ किया था तो सारा दूध बिक गया था। सोचिये, उस देश में दूध नहीं बचा था जिस देश में दूध की नदियां बहती हैं और सफेद क्रांति आ चुकी है। जब ऐसा हो गया तो बेचारे भारतवासियों को दूध बनाने का आविष्कार करना पड़ा था। पता नहीं झूठ है या सच, कुछ ऐसी अफवाह थी कि यूरिया से दूध बनाने की विधि का आविष्कार उसी समय हुआ था।

हो सकता है कि यह परम्परा हलवाइयों के कारण न भी पड़ी हो और पहले लोग मिठाई बहुत ही पसंद करते हों। कार, स्कूटर तो थे नहीं, दिन भर कोसों पैदल चलते थे। कुछ बैलगाड़ी में भी चलते होंगे तो भी अच्छी कसरत तो हो ही जाती होगी क्योंकि आजकल की तरह डामर की सड़कें तो थी नहीं, अतः लोगों को शुगर की बीमारी तो होगी नहीं। फिर क्या है, खाए जाओ मिठाई दबा के।

मेरे शोध के अनुसार दिल्ली जैसे शहरों में ढेरों शुगर के मरीज हैं जबकि उत्तर प्रदेश, बिहार, ओडिशा जैसे राज्यों में न के बराबर। अब आप को नहीं लगता कि शुगर के मरीजों के बढ़ोत्तरी में दिल्ली के सिविल इंजीनियरों का बड़ा हाथ है। चमचमाती सड़कें बनाते हैं तो बेचारे बस, कार, स्कूटर और मोटरसाइकिल में चलने वालों का पेट तक नहीं हिलता जबकि पिछड़े राज्यों में यही गाड़ियां चला लो तो शरीर का एक-एक अंग भांगड़ा करने लगता है। जब शरीर के सभी अंग भांगड़ा करेंगे तो खाक शुगर होगी। अरे भैया, हो सकता है, दिल्ली जैसे शहरों में सिविल इंजिनियरों, जिम वालों, योग सिखाने वालों, लैब वालों और डाक्टरों की सांठ-गांठ हो तभी तो ये सब ऐसे शहरों में फलते-फूलते हैं। अरे, एक जिम बुंदेलखंड या झारखंड के किसी नगर में

खोल के दिखाओ, भूखों मर जायेंगे जिम वाले भी और उन्हें खुद भी जिम की जरूरत नहीं पड़ेगी।

अब ठीक है, यदि किसी का धंधा दिल्ली में चल रहा है तो क्या बुराई है, मुझे क्या? लोगों को रोजगार तो मिला है। मक्खियां वहीं जातीं हैं जहाँ गुड़ होगा, इसी तरह मिठाई का डिब्बा वहीं जाएगा जहाँ शुगर की बीमारी होगी। मुझे ही ले लीजिये, मुझे शुगर, मेरी पत्नी को शुगर, तो मिठाई का डिब्बा भी तो मेरे घर ही आएगा न। अब दो प्राणी, ऊपर से हर हफ्ते मिठाई का नया डिब्बा। राज की बात बताऊँ, अपने पैसों से तो मैं साल में केवल दीवाली के दिन आधा किलो मिठाई खरीदता हूँ वह भी भगवान को भोग लगाने के लिये। परंतु उनका क्या करूँ जो हर हफ्ते दे जाते हैं? कभी तो लगता है कि ये लोग मेरा सम्मान करते हैं इसलिये दे जाते हैं, परंतु कभी-कभी लगता है कि ये लोग इसलिये मिठाई दे जाते होंगे कि मिठाई खिला-खिलाकर साहब की बत्ती गुल कर दो, नहीं तो मिठाई की जगह करेले का जूस भी तो दे जा सकते थे। वैसे मैं भी कम चालाक नहीं हूं, मैं मिठाई खाता ही नहीं। अरे, जल्दी मरने का शौक किसे होता है? भगवान ने भी तो देखो शुगर की बीमारी भारतवासियों को दी जो हमेशा उन्हें मिठाई खिलाते रहे। कभी-कभी तो लगता है कि हमने भगवान को मिठाई खिला-खिलाकर कुछ समस्या कर दी होगी, उसी का यह नतीजा है। नहीं तो विदेशियों को इतनी समस्या क्यों नहीं है? भगवान ने तो पहले ही कहा है, जैसा करोगे वैसा भरोगे। अब भुगतो।

डिब्बा लेने में अच्छा लगता है, तो ले लेता हूँ। पत्नी मिठाई का डिब्बा खोलती भी जरूर है, फिर कहती है, देखो, कितनी अच्छी मिठाई है? अब हम खा तो सकते नहीं, देखकर ही संतुष्ट हो जाते हैं अथवा यह कहें कि लार टपकाकर ही खुश हो जाते हैं और डिब्बे को फ्रिज में रख देते हैं।

मिठाई का डिब्बा फिर इंतजार करता है, अपने अनावरण का। उसका अनावरण होता है, जब कोई और मिठाई का डिब्बा लेकर मिलने आता है। उसको फ्रिज में रखे डिब्बे की मिठाई परोसी जाती है जिसमें अब तक फफूंदी लगनी शुरू हो गई होती है। आनेवाला भी या तो शुगर का मरीज होता है अथवा इतना होशियार कि बासी मिठाई पहचान जाता है। अत: प्लेट की मिठाई फिर डिब्बे में चली जाती है परंतु अब नया डिब्बा फ्रिज में चला जाता है और पुराना खाने की मेज पर।

अगले दिन तक खाने की मेज से बदबू आने लगती है तो पत्नी काम वाली को बोलती है, 'ले कल ही मिठाई आई है, ले जा अपने बच्चों के लिये।' वह भी ऐसी कि कुछ बोलती नहीं और ले जाती है। एक दिन मैं घर से आफिस

के लिये निकला तो घर के कोने पर कचरे के डिब्बे में वह उस डिब्बे को फेंक रही थी और चौकीदार से कह रही थी कि ये साहब लोग सड़ी-सड़ाई मिठाई हमें दे देते हैं और मैडम कहती हैं, ले जा, ताजा-ताजा है जैसे हमें कुछ मालूम है ही नहीं। अरे, मैं तो रोज ही एक डिब्बा ऐसे ही फेंकती हूँ कभी इस घर से कभी उस घर से।

मैं यह सुनकर हैरान था कि मेरे घर की इतनी कीमती मिठाई की यह बेइज्जती। अब तो कुछ करना ही पड़ेगा। फिर क्या है, सोचना शुरू किया, दिन सोचा, रात सोचा, सुबह सोचा, शाम सोचा, घर में सोचा, दफ्तर में सोचा, परंतु सब बेकार, कुछ समझ में नहीं आया। मायूस होकर देर रात कब सोया, याद नहीं। देर में सोने का फायदा यह हुआ कि सपने में एक सौलिड विचार आ ही गया। मैंने देखा कि सब कुछ रिसायकिल हो रहा है - गोबर हो या कचरा, पानी हो या कपड़ा, कागज हो या प्लास्टिक। अचानक मुझे लगा कि फिर मिठाई क्यों नहीं? मैंने सपने में देखा कि मैंने अपनी पत्नी के नाम एक मिठाई का रिसायक्लिंग प्लांट लगवा दिया है। मिठाई आती है और एक हफ्ते फ्रिज में रखने के बाद प्लांट में चली जाती है और बिलकुल तरोताज़ा होकर निकलती है। वैसे जब मर्जी हो, ताज़ा कर लो, रिश्तेदारों को खिलाओ, मेहमानों को खिलाओ, पड़ोसियों को खिलाओ या भगवानजी को चढ़ाओ, बस न खुद खाओ न बच्चों को खिलाओ।

मैंने देखा कि प्लांट चल निकला है। पड़ोसी, मंदिर वाले, होटल वाले, बैंक्विट हॉल वाले, मिठाई की दुकानवाले और यहाँ तक की कामवालियां मिठाई के डिब्बे लिए लाइन में लगे हैं - रिसायक्लिंग कराने। कोई एक डिब्बा लिए है, कोई थैले में भरे हैं, कोई बोरी में और एक तो टेम्पो में भर कर लाया है। इस प्लांट की चर्चा दूर-दूर तक होने लगी है और अब तो सारी दिल्ली के लोग मेरे यहाँ आने लगे हैं। जितनी आमदनी मुझे नौकरी से नहीं थी, उससे कई गुनी रिसायक्लिंग प्लांट से हो रही है। मेरी खुशी का कोई ठिकाना नहीं था तभी एकदम से प्लांट ठप्प हो गया क्योंकि बिजली चली गई और सारी मिठाई खराब होने लगी।

जागा तो देखा कि प्लांट तो कहीं नहीं है। हां, बिजली चली गयी है और पंखा बंद हो गया है। जैसे ही बाहर आया तो देखा कि पत्नी कामवाली को पुराना डिब्बा दे रही है और कह रही है, 'ले, ले जा ताज़ा मिठाई आई है।'

✳ ✳ ✳

आस-पड़ोस की लघु कहानियाँ

लाइलाज

मेरी उम्र विवाह के लायक हो गई थी तो पिताजी ने कहा कि बेटे शादी कर ले। कहे तो मैं कोई लड़की देखूं। दूर के रिश्तों में कोई न कोई अच्छी लड़की मिल ही जायेगी। मैंने पिताजी से कहा, 'पिताजी, वो जमाने गए जब माँ-बाप रिश्ते ढूंढ़ा करते थे।' मैंने ताव में पिताजी को कह तो दिया था कि मैं स्वयं अपने लिए लड़की तलाश लूँगा, परंतु मन ही मन डरा हुआ भी था। पिताजी गुस्से में बोले, 'जैसी तेरी मर्जी।'

मैंने कह तो दिया, परंतु समझ में नहीं आया कि लड़की तलाशने जाऊँ कहाँ? अब यह तो है नहीं कि पैसे लेकर जाओ मॉल में और ले आओ मनपसंद लड़की। बहुत सोच-विचार के बाद मैंने अखबार में एक विज्ञापन देने का मन बनाया। एक बड़े अखबार के दफ्तर गया, परंतु जब उसके रेट देखे तो वहाँ से यह कहकर भाग आया कि मैं चैक लेकर आता हूँ। एक दिन की छुट्टी बर्बाद।

अगले रविवार को मैंने टेलीफोन डाइरेक्टरी में देख-देखकर अखबार वालों के नम्बर मिलाने शुरू किए, परंतु हाय रे दुर्भाग्य! सभी अखबार वालों के यहाँ से एक ही जवाब मिला, सोमवार को बात कीजिये आज विज्ञापन का दफ्तर बंद है।' सही बता रहा हूं, कम-से-कम सौ रुपये का भट्टा तो बैठा ही दिया होगा। अगले दिन की छुट्टी लेकर एक छोटे से अखबार के दफ्तर गया और एक विज्ञापन दे आया। उस दिन मुझे बड़ी खुशी हो रही थी। ऐसा लग रहा था कि बस पहला टेलीफोन आने ही वाला है मेरे रिश्ते का और इतने टेलीफोन आयेंगे कि उठाना मुश्किल हो जाएगा। फिर बताऊँगा बापू को कि कैसे रिश्ते ढूंढ़े जाते हैं? परंतु जब पूरे आठ दिन बीत जाने के बाद भी कोई फोन नहीं आया तो मैं अखबार के दफ्तर गया और पूछा कि ऐसा तो नहीं कि आपने विज्ञापन छापा ही नहीं हो। उन्होंने मुझे विज्ञापन दिखाया और बताया कि एक बार के विज्ञापन से क्या होगा, कम से कम चार-पाँच बार तो देना ही होगा। मरता क्या न करता, एक साथ पाँच दिन के विज्ञापन के पैसे दे आया।

आस-पड़ोस की लघु कहानियाँ

पूरे एक महीने के बाद, मेरी मेहनत रंग लाई और एक फोन आया। अब मैं बता नहीं सकता कि फोन सुनकर मैं कितना खुश हुआ। मैंने उससे मिलने का प्रोग्राम बना लिया और पहुँच गया एक होटल में उसे लंच पर निमंत्रित करके। वैसे तो मैंने एक बजे के लिये कहा था, परंतु मैं साढ़े बारह बजे ही होटल में था। इंतजार करते-करते डेढ़ बज गया, तब कहीं इंतजार खत्म हुआ। वैसे कहते हैं कि इंतजार का अपना अलग ही मजा होता है, तो मैंने सोचा कि इसका मजा ही ले लिया जाये भले ही मजबूरी में हो। डेढ़ बजे एक महिला ने आकर मेरा नाम पूछा तो मैंने तपाक से कहा, 'हाँ, मैं ही हूँ। बैठिये।' उस महिला ने कुछ प्रश्न पूछना आरम्भ कर दिया तो मैंने कहा कि आपकी बेटी को आ जाने दीजिये, फिर एक साथ बात कर लेंगे। तो वह तपाक से बोली, 'व्हाट! मैं अपनी शादी के लिये आई हूँ।' जैसे ही मैंने यह सुना, मैं वहाँ से भाग खड़ा हुआ और ऐसा भागा कि घर आकर ही दम लिया। पता नहीं, ऐसा लगता था कि वह महिला भी पीछे-पीछे भागती आ रही है। उसके बाद तो मैंने विज्ञापन देना ही बंद कर दिया।

अब मुझे शर्म भी आ रही थी कि बापू से कैसे कहूँ कि आप ही मेरे लिए लड़की देख लीजिये। अत: मैंने एक और आइडिया लगाया। एक हमारे मामाजी थे, जो गाँव में रहते थे और शादी कराने में एक्सपर्ट थे। आज तक उनकी कराई शादियों के जोड़े अपने आपको और भगवान को कोसते रहते हैं। एक को तो मैंने उनके जोड़ीदार के मरने के बाद भी कोसते सुना है, परंतु मैंने सोचा कि मैं सोच-विचारकर ही निर्णय लूँगा तो कोई समस्या नहीं आयेगी। जैसे ही मैंने उनसे बात की, वे प्रसन्न हो गये और बोले, 'अरे भांजे, तू चिंता मत कर। बस समझ ले, हो गया तेरा विवाह।' मैंने सोचा कि मैं भी कितना मूर्ख था कि सही जगह बात ही नहीं कर रहा था।

अगले ही दिन मामाजी ने एक सज्जन के साथ सुबह-सुबह मेरे घर का दरवाजा खटखटाया। जैसे ही पिताजी ने मामाजी को देखा, वे अचम्भे में पड़ गये। राम-राम करने के बाद उन्हें पता चला कि मैंने ही उन्हें बुलाया था तो उन्होंने मुझे एक कमरे में बुलाया और बोले, 'जब तुझे अपने मामा से ही रिश्ता करवाना था, तो मुझे ही बोल देता। अब ठीक है, तू जान और तेरा मामा।' मैं समझ गया कि पिताजी को मैंने जबर्दस्त नाराज कर दिया था। परंतु अब कुछ नहीं हो सकता था क्योंकि तीर पहले ही निकल चुका था और सीधा पिताजी को लग चुका था। मुझे भी क्या मालूम था कि मामा बेला ही बैठा है और जैसे

ही मैं उसे कहूँगा, वह आ धमकेगा। सोचा था, मौका पाकर पहले माँ को बताऊँगा और फिर भी यदि जरूरत पड़ी तो पिताजी को।

मामाजी ने कहा कि मैं तेरे साथ लड़की देखने चलता हूँ। मैंने सोचा कि यदि मामा गया तो कैसी भी लड़की होगी, वह मुझे चेप देगा। अत: मैंने मामा से कहा, 'आप रहने दो मामाजी, मैं खुद ही लड़की देख लूँगा।' यह बात मामा को अच्छी नहीं लगी और वे बोले, 'ठीक है, अब तू ही सारे काम कर लियो, अब मेरा क्या काम।' यह कहकर वे भी अंदर माँ के पास पहुँच गये। पिताजी तो पहले ही अंदर थे। पता नहीं, सब कुछ उल्टा-पुल्टा हो गया था।

मैंने उन सज्जन से उनके गाँव का पता लिया और उनके यहाँ आने का प्रोग्राम बता दिया। मेरे एक प्रिय मित्र ने बताया कि यदि तुझे लड़की देखने जाना है तो जिस दिन का प्रोग्राम दिया है, उससे एक दिन पहले ही चला जा तो असलियत पता चलेगी। मैंने उसके अनुभव का फायदा उठाया और एक दिन पहले ही लड़की देखने चल दिया, वह भी बिना कोई सूचना दिये। बस से उतरकर पता चला कि गाँव का पैदल का पाँच किलोमीटर का रास्ता है। पाँच किलोमीटर पैदल तो मैं कभी चला ही नहीं था, ऊपर से पगडंडी पर। सोचा वापस ही चला जाता हूँ, पर फिर सोचा इससे बदनामी हो सकती है, अत: आगे चल दिया।

गरमी के दिन, ऊपर से न रास्ते में कोई चाय-कॉफी की दुकान, न पानी की, भगवान ऐसे दिन किसी दुश्मन को भी न दिखाये। पाँच किलोमीटर की यात्रा पाँच बार रास्ते में बैठ कर पूरी की। गाँव के बाहर ही एक छोरी मिल गई जो आम के पेड़ पर चढ़ी आम तोड़ रही थी। आम देखकर मुँह में पानी आ गया, हरे-हरे गोलमटोल आम, ऊपर से भूख भी लगनी शुरू हो गयी थी। मैंने उस छोरी से कहा, 'ओ छोरी, जरा दो आम तोड़कर मुझे दे ना।' उस छोरी को पता नहीं क्या सूझा–बोली, 'हाँ-हाँ, ले ले, आजा थोड़ा ऊपर चढ़ जा।' मैं कभी पेड़ पर नहीं चढ़ा था, फिर भी यहाँ एक गाँव की छोरी के सामने इज्जत का सवाल था तो मैंने चढ़ना शुरू कर दिया। परंतु जितना आसान मैंने सोचा था, चढ़ना उससे भी ज्यादा कठिन सिद्ध हो रहा था। मुश्किल से मैं चार फीट चढ़ा था कि धम्म से नीचे आ गिरा। सारे कपड़ों में धूल लग गई और पीठ का बैंड बज गया। मेरी हालत देखकर लगी वह लड़की हँसने लगी। इतनी बेइज्जती तो मेरी कभी नहीं हुई थी। पेड़ पर बैठे-बैठे वह लड़की मुँह बनाकर बोली, 'अरे-अरे, च्च-च्च, बाबूजी चोट तो नहीं आई, अरे बाबूजी, आम नहीं खाओगे?'

आस-पड़ोस की लघु कहानियाँ

इसके बाद वह लड़की नीचे उतर आई और पूछने लगी, 'आसपास के तो नहीं लगते। कहाँ के हो?' मैंने बताया कि मैं कुंजबिहारी जी के यहाँ जा रहा हूँ, तो वह बोली, 'अच्छा, आप मुझे देखने तो नहीं आए हो जो कल आने वाले थे। चलो, अच्छा है यहीं देख लिया।' अब शक की कोई गुंजाइश ही नहीं थी, न हाँ कहते बना न ना। वह वहाँ से भागने लगी और सारे आम फेंक कर बोली, 'भोंदू।' अब इसके बाद तो मैं वहाँ से ऐसा भागा कि पाँच किलोमीटर की यात्रा में कहीं बैठने की जरूरत नहीं पड़ी, न ही पीठ के दर्द का ख्याल मन में आया।

घर आकर मैंने किसी को कुछ भी नहीं बताया, परंतु अब हालत यह थी कि लड़की मिल नहीं रही थी और समय गुजरता जा रहा था। अब मामाजी भी नाराज थे और पिताजी भी। न शहर की लड़की मिली थी, न गाँव की। हारकर पिताजी के पास जाकर उनसे ही कहा कि जहाँ आप कहेंगे, वहीं विवाह कर लूँगा।

पिताजी ने यहाँ-वहाँ से जुगाड़ कर, एक कन्या ढूंढ़ ली है जो पुलिसवाली है। मुश्किल यह है कि वह मुझे सपने में रोज दिखाई देती है और मुझे सपने में दिखाई देता है कि उसने मुझे लॉकअप में बंद कर रखा है और कहती है, बता, तेरी आखिरी इच्छा क्या है? वैसे मैंने उसे आज तक नहीं देखा है, परंतु उसका खौफ मेरे अंदर भर गया है। यदि आपके पास इसका कोई इलाज हो तो कृपया मुझे बताने की कृपा करें, वैसे डॉक्टर ने तो बताया है कि यह बीमारी लाइलाज है।

* * *

प्रजातंत्र

प्रजातंत्र था। शेर और बकरी रोज नदी पर पानी पीने साथ-साथ जाते। शेर जब बकरी के घर के पास पहुँचता, तो एक आवाज लगाता और बकरी बाहर आ जाती।

शेर पहले नदी का पानी पीता और बकरी देखती रहती। जब शेर पानी पी लेता तो बकरी नदी के पास जाती और पानी पीती। उसके बाद दोनों साथ-साथ वापस आ जाते।

एक दिन शेर काफी देर तक नहीं आया तो बकरी ने सोचा कि शायद आज शेर नहीं आने वाला। यही सोचकर वह नदी चली गई और पानी पीने लगी। तभी पीछे-पीछे शेर आ गया और उसने बकरी को पानी पीते देख लिया। फिर क्या था, शेर को गुस्सा आ गया और उसने बकरी को एक थप्पड़ मार दिया। अब कहाँ शेर और कहाँ बेचारी बकरी, एक थप्पड़ खाते ही वहीं ढेर हो गयी। शेर ने उसे उठाकर नदी में फेंक दिया।

उसके बाद शेर ने हाथ धोया और पानी पीकर अकेला वापस आ गया।

किसी पत्रकार ने पूछा कि क्या आपने उस बकरी को देखा है जो आपके साथ जाती थी? शेर का उत्तर था, 'अब हमारे साथ तो कोई न कोई तो जाता ही रहता है, हम राजनीति में जो ठहरे। हम तो प्रजातंत्र में विश्वास रखते हैं, जहाँ शेर और बकरी एक ही घाट पर और एक ही साथ पानी पीते हैं। वैसे वह कहाँ है, मैंने उसे कुछ दिन से देखा नहीं?'

अगले दिन शेर फिर नदी पर पानी पीने जा रहा था, परंतु आज उसके साथ एक दूसरी बकरी थी।

* * *

निकम्मा

जब मैं सरकारी नौकरी में आया तो मेरे पिताजी का सपना पूरा हो गया। उनका मानना था, नौकरी तो सरकारी ही होती है बाकी तो सब चाकरी। सरकारी नौकरी मिलते ही मेरी प्रसिद्धि में आठ चाँद लग गये क्योंकि चार तो सरकारी नौकरी के और चार इसके कि नौकरी राजपत्रित अधिकारी की थी।

पिताजी ने अपने मुहल्ले वालों, मित्रों, एवं रिश्तेदारों को बेतार का तार भिजवा दिया कि बेटे को राजपत्रित अधिकारी की नौकरी मिल गयी है क्योंकि उस समय मोबाइल फोन तो थे नहीं। अब उस समय का नेटवर्क देखिए कितना जबर्दस्त था कि सभी जगह से बधाई के संदेश दो दिन में ही मिल गये। बेतार का तार सब जगह संदेश पहुँचा कर उसी तरह वापस अपने घर आ गया जैसे भगवान विष्णु का सुदर्शन चक्र राक्षसों का वध करके उनके पास आ जाता था।

अब मेरे रिश्तों की बाढ़ आने लगी थी और एक ही महीने में इतनी बाढ़ आ गयी जैसे आसाम की बाढ़ का पचास वर्षों का रिकार्ड टूट गया हो। मैंने माँ से कहा कि न हो तो नौकरी वाली बहू तलाश लो जिससे हम दोनों एक ही जगह में नौकरी कर लेंगे। जब पिताजी को यह पता चला तो बाढ़ के मौसम में भूचाल आ गया। तो अब बेटा मेरी बेइज्जती पर तुला है, बहू से नौकरी कराएगा। फिर क्या जरूरत थी गजेटिड ऑफीसर की नौकरी में सिर खपाने की, कर लेता यहीं चपरासी की नौकरी और करते दोनों नौकरी घर चलाने के लिये। पिताजी ने माँ से चिल्लाकर कहा कि बता देना अपने सपूत को और ज्यादा बकबक की तो मैं जड़ दूँगा दो-चार, हूँ तो उसका बाप। उन्होंने इतना चिल्लाकर कहा था कि मुझे साफ-साफ सुनाई दे रहा था और समझ में आ गया था कि कहा जा रहा है माँ को, पर है मेरे लिये और सुनाया भी जा रहा है मुझे।

फिर क्या था, मेरी घिग्गी बँधनी थी तो बँध गयी और ऐसी बँधी कि दोबारा खुली ही नहीं। पिताजी ने मेरे लिये बहू का चयन कर लिया और मुझसे

कोई सलाह तक नहीं ली। मेरी पत्नी ने बी. ए. किया था और एक रईस घर से ताल्लुक रखती थी। उसके घर में अच्छा-खासा व्यवसाय था, अत: घर में पैसे की कोई कमी नहीं थी। मेरे पिताजी स्वयं नौकरी करते थे, फिर भी मेरे ससुर ने कैसे पिताजी को पटाया, यह तो आप जैसे समझदार को बताने की आवश्यकता ही नहीं।

सगाई में भी लोगों की बड़ी भीड़ थी, आखिर पिताजी सबको दिखा रहे थे कि लड़की वाले ने क्या-क्या दिया है और यह तो पिक्चर का ट्रेलर है भाई, अभी असली पिक्चर तो बाकी है। मैंने सगाई में देखा कि जो भी आ रहा है, बधाई बाद में दे रहा है, सरकारी नौकरी पहले माँग रहा है, चाहे वह मेरा सम्बंधी हो या लड़की वालों का। नौकरी तो ऐसे माँग रहे थे, जैसे मैं भारत का राष्ट्रपति बन गया हूँ और सारी नौकरी मैं ही दे रहा हूँ। अब मैं उनको क्या बताता कि भैया, जब मैं नौकरी ज्वाइन करने गया था तो बाबू ने मुझे कुर्सी पर बैठने को भी नहीं कहा था। अब जब मुझे बाबू भी घास नहीं डालता, तो मुझे आप चने के झाड़ पर मत चढ़ाओ। परंतु पिताजी के सामने तो घिग्गी बँधी थी, इसलिये कुछ कहने की स्थिति में तो था नहीं, अत: पिताजी ने ही सामने आकर मोर्चा संभाला और सबसे कहा कि पहले सगाई के कार्यक्रम पूरे करो, बाकी बातें बाद में। जो भी हो, सगाई में माल-वाल काफी था। पिताजी खुश थे और मन ही मन मैं भी। हाँ, बाकी जिनके बेटों को इतना माल नहीं मिला था, वे अवश्य खुसुर-पुसुर कर रहे थे कि उनका बेटा भी मेहनत कर सरकारी नौकरी में आ जाता तो उसका क्या चला जाता? उनको आज महसूस हो रहा था कि उनके बेटों ने उनकी नाक ही नहीं कटाई, कान भी कटा दिए थे।

उसके उपरांत विवाह भी हो गया और विवाह में दहेज भी चकाचक मिल गया। हम लोग घर से अधिकांश दहेज लेकर देश की राजधानी में भी पहुँच गये, जहाँ मुझे नौकरी मिली थी। नौकरी भी सुचारु रूप से चल रही थी, परंतु पत्नी खुश नहीं थी और एक दिन उसने बोल ही दिया, आप क्या वास्तव में सरकारी नौकरी करते हैं? मैंने पूछा कि डार्लिंग, तुम्हें शक क्यों हो रहा है? तो उसका कहना था कि आपको पैसा-वैसा तो मिलता ही नहीं है। मैंने कहा कि प्रिये, महीने की अंतिम तारीख को पूरी तनख्वाह तो तुम्हारे हवाले करता हूँ। इस पर वह बोली, 'अरे, मैं ऊपरी कमाई की बात कर रही हूँ।' जब मैंने कहा कि किस बात की ऊपरी कमाई तो वह बोली, 'आप तो सरकारी नौकरी

लायक ही नहीं हो।' मैंने सोचा कि जब मेरी पत्नी ही मेरी सी. आर. खराब कर रही है तो मेरा आफिस का बॉस क्या करेगा, भगवान ही जाने।

इसी तरह एक वर्ष बीत गया। एक दिन हम लोग एक पार्टी में गए जिसमें कई अधिकारियों की पत्नियां भी आई थीं। मेरी पत्नी की उनसे मुलाकात क्या हुई, आफत आ गई। एक दिन उसने कहा कि आप मेरे लिये एक कोचिंग संस्थान खुलवा दीजिये। मैंने पूछा, 'क्यों?' तो वह बोली कि श्रीमती चंद्रा कोचिंग से बीस हजार रुपये महीने कमा रही हैं। मैंने कहा कि भाग्यवान, श्रीमती चंद्रा ने तो केवल कोचिंग का बोर्ड लगाया है, उनके यहाँ पढ़ने-पढ़ाने कोई नहीं आता। वह तो केवल दिखाने के लिये बीस हजार की कमाई है। वह बोली, 'तो श्रीमती कुमार की तरह मुझे बुटीक खुलवा दो, उनकी चालीस हजार माह की आमदनी है। नहीं तो इंटीरियर डिजाइन का कोर्स ही करवा दो तो मैं श्रीमती लाल की तरह लाखों कमा सकती हूँ।' जब मैंने समझाया कि ये सब तो उनके पतियों की ऊपर की कमाई के पैसे हैं जो बिना कुछ करे पत्नियों के खाते में चले जाते हैं। इस पर वह बोली, 'जब सब कर सकते हैं तो आप क्यों नहीं कर सकते? आप क्या अपने आपको महाराजा हरिश्चंद्र की औलाद समझते हो।' मैंने भी झल्लाकर कहा, 'नहीं, मैं अपने आपको महाराजा हरिश्चंद्र की औलाद नहीं समझता, पर ऊपरी कमाई नहीं कर सकता क्योंकि मैं निकम्मा हूँ।'

इस पर वह बड़े शांत भाव से बोली, 'हूँ, पहली बार आपने अपने-आपको बिल्कुल सही से पहचाना है।'

शासन

वसुंधरा राज्य का शासन बंदर चला रहे थे। एक बड़ा बंदर था जो अन्य सभी बंदरों से ताकतवर था और जिससे अन्य सभी बंदर डरते थे। वह उनका मुखिया था, परंतु उसको दिशा-निर्देश देने वाला एक मदारी था।

बंदर शासन चलाते रहे। जब भी कोई शासन के विरुद्ध बोलता, बंदर उसे काट लेते अथवा झुंड में जाकर उसकी वह हालत करते कि बेचारा महीनों उठ भी नहीं पाता। सुना तो यह भी है कि कभी-कभी लोग मर भी जाते तो बंदर उसकी लाश उठाकर किसी बड़े पत्थर से बाँधकर नदी में मगरमच्छ के भक्षण के लिये फेंक देते हैं।

एक दिन बड़े बंदर ने मदारी को डराने की कोशिश की तो मदारी ने उसे अपनी डंडी से नियंत्रित कर लिया। उस डंडी से, जिसके एक सिरे पर चाँदी की मूँठ थी। परंतु उस घटना के बाद मदारी ने सोचा कि वह क्यों इन बंदरों के चक्कर में पड़े, अत: उसने एक चाल चली और अपने एवं बड़े बंदर के बीच एक पद का सृजन कर उस पर एक लंगूर की नियुक्ति कर दी। अब लंगूर बड़े बंदर को नियंत्रित करता और बड़ा बंदर अन्य बंदरों को। इसका असर यह हुआ कि सभी बंदर लंगूर से डरने लगे क्योंकि वह बंदरों से भिन्न था।

अब तो वसुंधरा राज्य स्वतंत्र है। कुछ जानकारों की मानें तो स्वतंत्रता के बाद भी यह प्रथा चल रही है। लंगूर और बंदर अब भी शासन चला रहे हैं, केवल अब मदारी और लंगूर की शक्लें कुछ-कुछ बंदरों जैसी दिखाई देती है। परंतु बोल-चाल, रहन-सहन एवं शासन का तरीका बिल्कुल वैसा ही है।

* * *

सत्ता पलट

शेर वनांचल राज्य में राज कर रहा था। वैसे यह कोई नई बात नहीं थी क्योंकि पारम्परिक तौर से शेर के वंशज इस राज्य पर शासन करते आ रहे थे। शेर के बच्चे जब बड़े हो जाते तो उस राज्य की सीमा से बाहर चले जाते। यदि उस क्षेत्र में कोई और शेर होता तो दोनों में युद्ध होता और जीतने वाला शेर राज करता और हारने वाला मौत को प्यारा हो जाता।

अब वनांचल में लोकतंत्र लागू हो गया है और राज करने हेतु युद्ध करने पर पाबंदी लग गई है। अतः अब क्षेत्र छोटे-छोटे होने लगे हैं जिससे अधिक से अधिक शासनाध्यक्ष बन सकें। सुना है कि कुछ शेर अब अन्य धंधों में अपनी किस्मत आजमाने लगे हैं।

हुआ यह कि एक क्षेत्र में शेर कुछ कमजोर हो गया था और उसके शासन में असंतोष फैलने लगा था। एक बिल्ली ने सोचा कि क्यों न इस मौके का फायदा उठाया जाए, आखिर मैं भी तो शेर की मौसी हूँ। उसने प्रचार करवा दिया कि शेर अब आप लोगों की रक्षा नहीं कर सकता क्योंकि वह कमजोर हो गया है और उसके दरबारी बंदर जनता पर जुल्म ढा रहे हैं। शेर की मौसी होने के कारण मेरा यह फर्ज बनता है कि मैं आप लोगों की रक्षा करूँ। उस बिल्ली ने अन्य बिल्लियों को अपने साथ मिला लिया।

सभी बिल्लियाँ राजमहल पहुँची और शेर को राजगद्दी से हटने को कहा, परंतु जब शेर ने मना कर दिया तो बिल्लियों ने आम जनता को ले जाकर उसे गद्दी से हटा दिया।

अब बिल्लियाँ राज करने लगीं। वे दूध, मलाई और रबड़ी खाने लगीं और मजे की बात कि इस पर प्रजा को कोई आपत्ति नहीं हुई। परंतु कहते हैं कि पुरानी आदत इतनी जल्दी छूटती नहीं। एक दिन एक बिल्ली को चूहा खाने का मन किया जबकि उसके सामने दूध, मक्खन, मेवे, रबड़ी एवं मिठाइयाँ रखे हुए थे। उसने आव देखा न ताव, राह चलते एक चूहे को पकड़ लिया और

वहीं मार कर खा गई। राहगीरों ने उसे देखा भी, परंतु चूहे की भूख ने बिल्ली को अंधा कर दिया था। चूहे का सरेआम कत्लेआम होने पर शेर ने सबको बताया कि बिल्ली तो चूहे खाएगी ही क्योंकि वह तो बिल्ली है और शासन करने लायक है ही नहीं। बड़ी बिल्ली ने उसे दरबार से निकाल दिया, परंतु अब दूसरी बिल्लियाँ भी आदतन चूहों का शिकार करने लगीं थीं।

कहते हैं बिल्लियों की इसी आदत ने उनके हाथ में आई सत्ता पलट दी।

❋ ❋ ❋

आस-पड़ोस की लघु कहानियाँ

सोने की फसल

उसका एक छोटा-सा खेत था जिससे साल भर खाने का जुगाड़ भी नहीं होता था। खेत भी एक फसली और सिंचाई भी भगवान भरोसे। जमीन भी बीहड़ जैसी। उसने सोचा कि कुछ न कुछ करना ही पड़ेगा। उसने कड़ी मेहनत की, जितने कंकर-पत्थर थे, सारे खेत से बीन-बीन कर हटा दिये तो पैदावार बढ़ने लगी। एक बोरवैल भी करा लिया तो उसी खेत में दो-दो फसलें होने लगीं। काफी हद तक उसकी गाड़ी चलने लगी।

अभी भी वह सोचता रहता कि यदि फसल इससे भी चार गुना हो जाये तो क्या कहने, वह अमीर हो जाएगा। यही सोचकर उसने खेत में विदेशी खाद का उपयोग किया और उसका उसे फल भी मिला जब उस वर्ष डेढ़ गुना फसल पैदा हुई। उसको एक बात और समझ आ गई कि अच्छी खाद डालने से पैदावार बढ़ जाती है।

उसने एक दिन खाद बेचने वाले से बात की कि क्या ऐसी खाद है जो पैदावार कई गुना बढ़ा दे? बार-बार पूछने पर खाद बेचने वाले ने कहा कि उसके पास एक ऐसी खाद है जो सोने की फसल पैदा कर देगी। वह तुरंत उस खाद को खरीदने की जिद करने लगा। खाद वाले ने बताया कि सोने की फसल से आप मालामाल तो हो जाओगे, परंतु आपकी दिनचर्या और संस्कृति बदल जायेगी। इस पर उसने कहा कि परवाह नहीं, आप तो बस मुझे खाद दे दो। खाद देने वाले ने कहा कि आप यह नहीं पूछोगे कि खाद में क्या मिला है? उसका जवाब था, 'कदापि नहीं, बस आप तो खाद दे दीजिये।'

खाद देने वाले ने उसे खाद दे दी। उसने खाद क्या डाली, उसे कुछ ही दिन में सोने की फसल के गुण नजर आने लगे। उसने खेत को दूसरों की नजरों से बचाना शुरू किया, चारदीवार बनवाई और सुरक्षाकर्मी लगा दिये। सोने की फसल के बारे में न तो उसने अपने सम्बंधियों को बताया, न सरकारी कर्मचारियों को और न पड़ोसियों को। वह चाहता था कि एक बार सोने की फसल तैयार हो जाये और वह काट ले जिससे न तो कोई चोरी हो और न कोई सरकारी अड़चन।

फसल तैयार थी। वास्तव में खाद बेचने वाले ने सही बताया था, सोना ही सोना पैदा हुआ था और उसका घर सोने से भर गया था। एकाएक वह मालामाल हो गया था, पैसा ही पैसा, सोना ही सोना। उसे मालूम था कि अब उसकी सारी इच्छाएं पूरी होनी ही हैं।

अगले वर्ष उसने फिर खाद बेचने वाले से सम्पर्क किया और खाद देने की जिद की। इस बार खाद बेचने वाले ने उसे खाद बेचने से मना कर दिया, परंतु वह न माना और उसने एक और बार खाद देने के लिये उसे मना ही लिया, इस शर्त पर वह मान गया कि भविष्य में वह उसे और खाद नहीं बेचेगा।

खाद पाते ही वह खुश हो गया। खेत में खाद डाल दी और परिणाम तो मालूम ही था। अब तो सोने की बारिश हो रही थी। दो ही वर्ष में वह कई मिलों का मालिक बन गया था और अरबपति भी।

उसने गौर ही नहीं किया कि उसकी दिनचर्या बदल गई है। अब वह रात-रात भर बाहर रहता और दिन में सोता। उसके मित्र, पड़ोसी और साथी सभी बदल गये थे जो उसके हमदर्द कम, नोंचने-खसोटने वाले अधिक थे।

साथ में उसका व्यक्तित्व भी बदल गया था–कहाँ वह शाकाहारी था, अब मांसाहारी हो गया था। कहाँ वह शराब छूता नहीं था, अब शराब के बिना वह रह नहीं सकता था। कहाँ वह दुनिया वालों को भाई-बहन मानता था, अब उसका कोई मायने ही नहीं था। फिर भी वह खुश था, न घर की चिंता, न अपनी - सबकी देखभाल करने वाले बहुत थे। अब उसे घर के अंदर झांकने की भी फुर्सत नहीं थी।

एक दिन वह दोपहर में उठा तो उसे याद आया कि आज उसका जन्म दिन है। उसे याद आया कि सोने की फसल पैदा होने के पहले वह सुबह नहा-धोकर पत्नी सहित मंदिर जाता था और सत्यनारायण भगवान की पूजा करवाता था। उसे पता नहीं, आज क्या सूझा कि क्यों न आज पूजा करवाई जाये? उसके लिये बड़े-बड़े काम बाएं हाथ के खेल थे, फिर पूजा क्या थी? उसने पत्नी को आवाज लगाई तो नौकर ने बताया कि मेम साहब, छोटे साहब और छोटी मेम साहब सब अलग-अलग पार्टियों से सुबह-सुबह ही लौटे हैं और उन्होंने दो बजे उठाने के लिये कहा है? अब उसे पता चला कि उसकी दिनचर्या उसके परिवार की भी दिनचर्या बन गई थी और वे भी उसी जीवन को जी रहे थे जिसमें वह रमा था। उसे लगा कि यह अच्छा नहीं है और वह हो रहा है जो उसने कभी सोचा न था। शायद पुराने संस्कारों ने उसे झकझोर दिया था। उसे समझ में आ गया कि अब इस घर में पूजा का कोई महत्त्व नहीं है।

उसे कुछ याद आया। वह तैयार हुआ, स्वयं गाड़ी चलाकर बाहर चल पड़ा, उसी खाद बेचने वाले के पास, वर्षों पहले जिससे उसने सोने की फसल पैदा करने वाली खाद खरीदी थी। खाद देने वाला उसे मिल गया। उसने उसे बैठाया और बोला, 'अब आप चाय-शरबत तो लेंगे नहीं, कहिये, यही पूछने आए हैं कि खाद में क्या मिला था? वही प्रश्न जिसका जवाब मैं पहले देना चाहता था परंतु आप सुनना ही नहीं चाहते थे।' वह अवाक था, मुश्किल से केवल हाँ कह पाया।

खाद बेचने वाले ने बताया कि खाद में गरीबों एवं असहायों का खून मिला था। गरीबों का खून जिससे सोने की फसल तो पैदा हो जाती है, परंतु खून आदमी को राक्षस बना देता है। राक्षस ही तो गरीबों और असहायों का खून पीते थे। वही खून आपने भी पिया है, खाया है। उसने पूछना चाहा कि खाद में गरीबों और असहायों का खून मिलाने का क्या मतलब है? पर पूछ न पाया, परंतु उसका चेहरा पढ़कर खाद वाले ने स्वयं उत्तर दे दिया कि बिना गरीबों के खून के सोने की फसल तो पैदा हो ही नहीं सकती। उसका गला फँस गया और वह कुछ न बोल सका, परंतु न उसे मितली आई, न दुःख हुआ। उसने सोचा कि ऐसा क्यों हो रहा है वह तो अंडे की गंध से ही उल्टी कर देता था, पर अब तो उसे कुछ भी नहीं लग रहा है। वह समझ गया कि गरीबों के खून के भरण-पोषण के कारण उसकी प्रवृत्ति बदल गई है। उसे याद आया कि पंडितजी बताया करते थे कि बड़े-बड़े मुनि भी किसी के शाप के कारण राक्षस बन जाया करते थे और ऐसा ही व्यवहार करते थे। उसका उपाय भी उसे याद आ गया।

अखबार में खबर आई कि उनका कहीं पता नहीं है, हो सकता है कि उनका अपहरण हो गया हो। उनके बेटे ने उनकी गुमशुदगी की रिपोर्ट लिखा दी है।

केवल खाद बेचने वाले को पता है कि वे हिमालय की गुफाओं में तप कर रहे हैं किसी संत महापुरुष के इंतजार में, जो उन्हें राक्षस योनि से मनुष्य योनि में वापस ला सके, इस जन्म में चाहे अगले जन्म में।

✳ ✳ ✳

नियति

वह एक किसान था। किसान भी कहने का, आखिर दो एकड़ जमीन में क्या होता है? बटाई पर दो-चार एकड़ दूसरे की जमीन लेकर मेहनत करता तो मुश्किल से गुजारा चलता। लगभग रोज ही वह अपनी पत्नी से पूछता, 'क्या वे कभी भरपेट भोजन कर सकेंगे?' पत्नी का भी रटा-रटाया जवाब होता, 'यह सब तो हमारी नियति है और नियति तो भगवान तय करते हैं, इसमें कोई कुछ नहीं कर सकता।'

पत्नी की बात उसे अच्छी नहीं लगती फिर भी वह कुछ नहीं कहता, लेकिन हर रोज प्रश्न फिर भी करता। शायद वह प्रश्न को जीवित रखना चाहता था और मन में इच्छा रखता कि एक दिन वह पत्नी को गलत साबित कर देगा।

इस वर्ष अचानक मटर के भाव बढ़ गए थे। वह तो फसल के समय ही दस रुपये किलो के भाव में सारी मटर बेच चुका था, केवल अपने परिवार के लिए पचास किलो छोड़कर। उसने सोचा कि अच्छा होगा कि वह मटर रखे रहता तो आज तीस रुपये किलो के भाव से बेचता। पता नहीं उसे क्या सूझा कि जो मटर उसने अपने उपयोग के लिए रखी थी, आज वह भी बेच आया। परंतु उससे क्या मिलना था, कुल बारह सौ रुपये क्योंकि दस किलो तो वे खा चुके थे। पत्नी ने मना भी किया था कि मटर बेचने से कुछ नहीं होगा क्योंकि उन्हें सब्जी खरीदनी पड़ेगी और सब्जी के भाव भी तो आसमान छू रहे हैं। परंतु उसने एक न सुनी, आखिर वह तीस रुपये किलो के भाव से मटर बेचने की खुशी को आत्मसात करना चाहता था। उसे खुशी मिली भी जब उसे बारह सौ रुपये मिले, परंतु जब उसने रास्ते में सेब खरीदने चाहे तो एक सौ बीस रुपये किलो का भाव सुनकर ही वह काफूर भी हो गई।

घर आकर उसने रुपये पत्नी को दे दिए। पत्नी ने उसका चेहरा देखकर उससे कोई प्रश्न नहीं किया। पत्नियाँ अपने पति का चेहरा देखकर ही उनके मन को पढ़ लेती हैं, भले ही वे बिना पढ़ी-लिखी हों।

आस-पड़ोस की लघु कहानियाँ

जब रात को वह खाना खा रहा था तो एकाएक पत्नी से पूछने लगा, आजकल बैंगन क्या भाव मिलते हैं? पता नहीं, उसने यह प्रश्न क्यों पूछा? हो सकता है, इसलिए कि आज बैंगन की सब्जी बनी थी अथवा इसलिए कि वह बैंगन पसंद नहीं करता था या हो सकता है केवल भाव जानने के लिए। परंतु जब पत्नी ने जवाब दिया-तीस रुपये किलो, तो उसे पत्नी की बात याद आ गई जिसने मटर बेचने के लिए मना किया था। उसे भी लगा कि पाव भर मटर से तो उसका एक समय का गुजारा हो जाता था जो एक किलो बैंगन से भी मुश्किल है। अब उसे अपनी नादानी पर खेद हो रहा था।

आज रात उसने पत्नी से प्रश्न नहीं पूछा। अब तो उसे कुछ करना ही पड़ेगा। इसी उधेड़बुन में उसे काफी देर तक नींद नही आई। उसने सोचना शुरू किया कि इस वर्ष वह अपने खेत में और बटाई वालों में केवल मटर ही बोएगा। यदि तीस रुपये किलो से बेचूंगा तो तीन गुनी आमदनी हो जाएगी। तीन गुनी हुई तो साल भर आराम से खर्च चल जाएगा एवं कुछ बचत भी हो जायेगी। बचत हुई तो वह पत्नी के लिए एक साड़ी खरीद देगा और अपने तथा बच्चे के लिए कपड़े नहीं तो नए जूते खरीद ही लेगा। यही सोचते-सोचते सवेरा होने लगा तब कहीं उसे नींद आई।

अगले दिन उसने अपनी योजना पत्नी को बताई। पत्नी ने कहा, 'जैसी आपकी मर्जी। परंतु यदि रुपया-पैसा अपने भाग्य में होता तो वैसे भी आ जाता, चाहे मटर बोएं या गेहूँ। हमारी तो नियति ही यही है।' यह सुनकर उसे अच्छा तो नहीं लगा, परंतु उसने–निश्चय कर लिया कि वह आमदनी तिगुनी करके पत्नी को दिखा देगा और उसे झूठा साबित कर देगा कि उनकी यह नियति नहीं है।

जैसा उसने सोचा था वैसा ही किया। दिन-दिन भर खेतों में लगा रहा और सभी खेतों में मटर बो दी। मटर बोना तो ठीक है, उसकी रखवाली भी नितांत आवश्यक थी क्योंकि चलते-फिरते कोई भी तोड़ लेता, अत: परिवार का एक सदस्य खेतों की रखवाली में भी लगा दिया। कहने का तात्पर्य, उसने जी-जान लगाकर मटर की बुआई, गुड़ाई ही नहीं, रखवाली भी की। अच्छी मटर देखकर उसे लगने लगा कि इस वर्ष मटर की अच्छी फसल हो जायेगी। आखिर मेहनत का फल तो मिलना ही था।

मटर की फसल के लिए उसने किराए पर पानी भी लिया जिससे सिंचाई हो सके। रखवाली के लिए एक लड़के को भी कुछ दिन के लिए रख लिया।

उसने हिसाब लगाया कि पिछले वर्ष से लगभग पचास प्रतिशत अतिरिक्त खर्च इस बार आया था, अपनी एवं परिवार की मेहनत अलग।

लगता है, अधिकांश लोग जो एक तरह के कार्य करते हैं, उनकी सोच भी एक जैसी होती है। उसने देखा कि इस वर्ष अधिकांश किसानों ने मटर ही बोई थी, गेहूँ-चना नहीं। वह जहाँ भी जाता उसे खेतों में मटर ही दिखाई देती। अब उसने भगवान से प्रार्थना शुरू कर दी कि हे भगवान! इस वर्ष मटर का भाव तीस रुपये किलो ही रखना।

जब मटर कट कर तैयार हुई तो पता चला कि इस वर्ष देश में मटर की बम्पर पैदावार हुई है और सरकार अपनी पीठ ठोंक रही थी कि मटर के दाम गिरकर बारह रुपये किलो आ गए हैं। गेहूँ के भाव इस बार बढ़ गए थे, साथ में चने के भाव आसमान छूने लगे थे।

जैसे ही फसल तैयार हुई, उसे याद आया कि उसे मजदूरों के पैसे देने के साथ-साथ बीज के दाम एवं पानी के पैसे भी चुकाने हैं। भंडारण गृह में रखने के लिए न तो उसके पास रुपये थे, न ही उसकी हैसियत। अत: उसने बारह रुपये किलो के भाव मटर बेच दी।

सबका लेन-देन चुकाने के बाद उसने हिसाब लगाया के पिछले वर्ष से उसकी आमदनी एक हजार रुपये कम हुई थी। साड़ी, कपड़े और जूते खरीदने के उसके मंसूबे धरे के धरे ही रह गए थे।

अब वह रात को पत्नी से प्रश्न नहीं पूछता कि क्या वे कभी भरपेट भोजन कर सकेंगे? क्योंकि उसे उत्तर मिल गया है। वही उत्तर जो बिना पढ़ी-लिखी उसकी पत्नी हर रोज उसे देती थी कि भूखे रहना तो उनकी नियति है।

दुर्घटना

वह मेरा पड़ोसी था एवं सहपाठी भी। मैं पढ़ने में प्रथम श्रेणी में उत्तीर्ण होता तो वह खेल-कूद प्रतियोगिताओं में प्रथम आता। न मैं कभी खेल-कूद प्रतियोगिताओं में प्रथम आया और न वह कभी पढ़ाई में। वह फिर भी द्वितीय श्रेणी में पास होता रहा, परंतु मैं तो अधिकांशत: खेल-कूद प्रतियोगिताओं में भाग ही नहीं लेता, कभी-कभार लिया भी तो उसका परिणाम आपको बताकर खिल्ली नहीं उड़वाना चाहता। फिर भी हम दोनों मित्र तो थे ही, मित्र बने रहे।

बारहवीं करने के पश्चात् मेरा दाखिला इंजीनियरिंग में हो गया और उसने बी.ए. में दाखिला ले लिया। उसका झुकाव खेलों के प्रति बना ही रहा। वह अत्यंत हट्टा-कट्टा एवं चुस्त-दुरुस्त था। उसकी ऊँचाई भी अब लगभग छ: फीट की हो गई थी। कसरती बदन, अच्छी ऊँचाई और उसकी चुस्ती देखकर किसी ने कहा कि तुम पुलिस या सेना में क्यों भरती नहीं हो जाते? उसे यह सुझाव बहुत अच्छा लगा। सेना अथवा पुलिस सेवा के लिए वह उपयुक्त था भी। परंतु एक कमी थी उसमें कि वह भावुक था। यदि उसके परिवार अथवा उसके बारे में कोई कुछ उल्टा-पुल्टा बोल देता तो वह एकदम भावुक हो जाता और बौखला जाता। वैसे इस उम्र में अधिकांश बच्चे भावुक होते ही हैं, अत: यह भी नहीं कहा जा सकता कि यह उसकी कमी थी।

जैसे ही उसने बी.ए. की अंतिम परीक्षा दी, पुलिस में नौकरियां निकली। उसने सोचा कि उसका भाग्य साथ दे रहा है और उसने फॉर्म भर दिया। उसका भाग्य कि वह चुन लिया गया। उसकी मन की इच्छा पूर्ण हो गई।

भर्ती होने के बाद उसे प्रशिक्षण पर भेज दिया गया। कठोर प्रशिक्षण में जहाँ कई बच्चे पानी माँगने लगे, उसे कोई कठिनाई नहीं हुई। उसकी लगन एवं उसके साहस को देखकर उच्च अधिकारियों एवं प्रशिक्षणकर्ताओं ने उसे कमांडो कोर्स के लिए चुना। कमांडो कोर्स के लिए चुना जाना प्रशिक्षार्थियों के लिए गौरव की बात थी। यहाँ भी उसने जी-जान लगाकर मेहनत की और

प्रशिक्षण में प्रथम स्थान प्राप्त किया। अब वह एक प्रशिक्षित कमांडो था, आतंकवादियों एवं उग्रवादियों से जनता का रक्षक।

नौकरी में आने के बाद उसकी तैनाती कठिनतम स्थानों पर हुई, और उसने अपनी जान पर खेलकर सैकड़ों लोगों की जान बचाई भी। इसका परिणाम यह हुआ कि उसका चयन देश की उच्च सुरक्षा संस्था हेतु हो गया। वह संस्था जिसमें कार्य करने के लिए हर कमांडो का स्वप्न होता है। उसने उसी दिन मुझे फोन पर बताया कि वह दिन उसके जीवन का स्वर्णिम दिन है क्योंकि आज उसका सपना पूरा हो गया है। उसकी खुशी से मुझे भी अत्यधिक खुशी हुई।

राष्ट्रीय सुरक्षा संस्था में जाने के बाद उसने हर तरह के हथियार, बम, औजार, मशीन एवं अन्य साधनों का प्रशिक्षण प्राप्त किया। यह काम तो कभी-कभार आता था, परंतु नया प्रशिक्षण रोज-रोज। उसे जम्मू कश्मीर से लेकर श्रीलंका एवं गुजरात से लेकर मणिपुर तक के ऑपरेशनों में भेजा गया और ये खूब सफल भी रहे। एक बार जब मैं गाँव में उससे मिला तो उसे देखकर ही समझ गया कि अब उसमें चीता-सी फुर्ती आ गई थी। उसे अपने कमांडो होने पर एवं राष्ट्रीय सुरक्षा संस्था का सदस्य होने पर गर्व था। मुझे भी लगा के उसने अपना ही नहीं, अपने माँ-बाप, गाँव एवं मेरा भी नाम रोशन कर दिया था।

उसके बाद मेरा तबादला दिल्ली से बाहर हो गया और किसी ने बताया था कि उसको एक अति विशिष्ट व्यक्ति की सुरक्षा की जिम्मेदारी दे दी गई थी। वैसे तो उसमें राष्ट्रभक्ति कूट-कूट कर भरी थी, अत: मेरी सोच थी कि वह हर कार्य क्षेत्र में अपना नाम ऊँचा करेगा। अब वह नेताजी की सुरक्षा करता और था भी उनका अभेद कवच। दो-चार बार टेलीविजन पर मैंने भी नेताजी के साथ उसे जाते देखा था। मैंने अपनी पत्नी एवं बच्चों को बताया भी कि वह मेरा सहपाठी एवं दोस्त है। कहते हैं उसने एक बार उनकी जान भी बचाई थी।

इसके बाद दो-तीन वर्ष उसकी कोई खबर नहीं मिली। जब मेरा तबादला वापिस दिल्ली हो गया और मैं गाँव गया तो उससे मुलाकात हो गई। वह कुछ मुरझाया सा लग रहा था। देखते ही वह मुझे अपने घर ले गया। घर के एक कमरे में ले जाकर उसने अंदर से कुंडी लगा दी और पलंग पर बैठ गया। मुझे लगा कि कोई न कोई बात है जो उसे मन ही मन खाए जा रही है और वह मुझे बताना चाहता है। हुआ भी वही, उसने बताया कि उसकी तैनाती वापस राज्य पुलिस में हो गई है। मेरे पूछने पर कि ऐसा क्यों हुआ, उसकी कहानी

सुनकर मैं हैरान रह गया। उसने मुझसे वायदा भी लिया कि मैं यह बात किसी और को नहीं बताऊँगा।

उसने बताया कि मैं नेताजी की सुरक्षा में तैनात था। उसी दौरान मेरी बहन का विवाह तय हुआ, परंतु कार्य की व्यस्तता के कारण मेरी छुट्टी नामंजूर कर दी गई। मुझे बुरा तो बहुत लग रहा था, परंतु अनुशासित सिपाही होने के कारण मैं कुछ न कह सका। चुनाव पास थे। नेताजी तो उसे कुछ न कहते, सम्मान भी देते, परंतु उनका बेटा बड़ा उजड्ड एवं नालायक था। कभी-कभी अपने पिताजी की भी न सुनता। ऐसे कोई ऐब नहीं जो उसमें नहीं थे। वैसे तो मैं उसके पिताजी की सुरक्षा में था, परंतु उस दिन उन्होंने मुझे उसकी सुरक्षा में भेज दिया। हमें तो आदेश मानने का प्रशिक्षण दिया जाता है, तो मैं नेताजी की आज्ञा मानकर रात्रि को दस बजे के आसपास उसके साथ चला गया। उनका बेटा मुझे लेकर एक पंचतारा होटल में पहुँचा जहाँ उसके दोस्त उसका इंतजार कर रहे थे। मुझे उसने एक कोने में खड़ा रहने का आदेश दिया। उसके साथ कुछ लड़के एवं लड़कियाँ थीं। उसने सबके साथ शराब पी, मुर्गा खाया एवं लगभग दो घंटे बाद वहाँ से उठा। मुझे बार-बार बहन का ख्याल आ रहा था कि आज उसका विवाह हो रहा होगा और मैं होटल में इन नालायकों को खाते-पीते देख रहा हूँ। आज पहली बार नौकरी पर ग्लानि हो रही थी। सोच रहा था, जल्दी से यहाँ से घर जाकर कम से कम फोन पर अपनी बहन से बात तो कर ही लूँगा और हो सका तो नेताजी से एक बार फिर प्रार्थना कर लूँगा कि मुझे छुट्टी दे दें तो रात की एक बजे की गाड़ी से साधारण डिब्बे में भी चला जाऊँगा। आखिर पाँच घंटे का सफर है। छः बजे तक भी पहुँच गया तो बहन की विदाई में तो शामिल हो ही जाऊँगा।

बारह बज रहे थे और नेताजी का बेटा भी उठ गया था। मुझे लगा कि जैसा सोचा था, वैसा हो ही जाएगा। देखा कि उसके सभी दोस्त वहीं खड़े रहे केवल एक लड़की को छोड़कर। वे दोनों वहाँ से लॉबी में आए और मुझे पीछे आने के लिए कहा। लिफ्ट में घुसने के बाद, उन्होंने नीचे जाने के स्थान पर ऊपर का बटन दबा दिया। अब मैं भौचक्का था। अरे, यह तो उल्टा हो रहा था। दसवीं मंजिल पर उसने लिफ्ट रोकी और एक कमरे के सामने जाकर उसका ताला खोलने लगा। अब मुझे सब कुछ समझ आ गया था। मैंने उनसे कहा कि सर, क्या मैं घर जाऊँ? तो उसने मुझे झिड़कते हुए कहा कि दो टके के सिपाही, दरवाजे के बाहर बंदूक लेकर खड़ा रह और देख, कोई अंदर न आने पाए। हाँ, तू भी मुझे परेशान न करना। रात भर यहीं खड़ा रह।

इसी बीच उसने ताला खोल लिया था एवं दोनों अंदर घुसे ही थे कि पीछे-पीछे मैं भी चला गया। मुझे बहन की याद आ रही थी, अत: मैंने एक बार फिर कोशिश की, 'सर, आज मेरी बहन का विवाह है, यदि हो सके तो .....।' मैं अपनी बात पूरी भी नहीं कर पाया था कि उसने मुझे गाली दी, 'बहन ....।'

पता नहीं क्या हुआ, मैंने वहीं राइफल की गोलियां उसके सीने में उतार दीं। उसके बाद मैंने होटल का फोन उठाया और नेताजी को सूचना दी।

नेताजी आधे घंटे में होटल में थे। मैं, वे, उनका मृत बेटा और वह लड़की। नेताजी सब कुछ समझ गए, बोले, 'यह तो एक दिन होना ही था। दु:ख है, कि तेरे हाथों हुआ। एक काम कर, तू यहाँ से चला जा।'

मैं वहाँ से आकर अपने घर आ गया। रात भर सो नहीं पाया। सुबह अखबार में खबर पढ़ी, नेताजी का बेटा सड़क दुर्घटना में मारा गया। सभी दलों के नेता उनके घर अफसोस प्रकट करने जा रहे थे।

दिन के लगभग दस बजे मुझे आदेश मिला कि मुझे वापस राज्य पुलिस में भेज दिया गया था।

आस-पड़ोस की लघु कहानियाँ

फैसला

वह एक हरिजन परिवार से था। उम्र भी तो खास नहीं थी, केवल पाँच बरस। उसका चचेरा भाई भी उसका हमउम्र था, अत: दोनों साथ-साथ खेलते, लड़ते एवं गालियां और थप्पड़ भी खाते। दोनों के परिवार गाँव के एक छोर पर कच्चे मकानों में रहते थे। फसल का समय होता तो उनकी माँ, बहन व उनके बापू सभी खेतों में फसल काटने चले जाते। वे भी उनके साथ जाते एवं कटे हुए खेत से वे बालियां बीनते जो गलती से गिर जातीं अथवा कटाई के ढेर बनाते समय गिर जातीं। सारा दिन बालियां बीनने पर उसमें आधा-एक किलो गेहूँ निकल आता। उससे उन दोनों को वह खुशी मिलती कि बयान करना मुश्किल है। इसके अतिरिक्त माँ-बापू कभी-कभी किसी के यहाँ यदि मकान बन रहा होता तो मजदूरी पर चले जाते अन्यथा उनका काम केवल खेती के काम से ही जुड़ा था, जैसे गुड़ाई, निराई या फसल की कटाई। परंतु उन दोनों के लिए तो खेलना ही काम था अथवा लड़ना-भिड़ना।

गाँव में एक विद्यालय भी था जिसमें हरिजनों के बच्चे कम ही विद्यालय जाते थे। एक दिन उसके बापू को मास्टरजी मिल गए। उन्होंने उसे बताया कि तुम यदि अपने बच्चों को स्कूल भेजोगे तो सरकार से कापी-किताबें तो मुफ्त मिलेंगी ही, दोपहर के खाने के अतिरिक्त वज़ीफा भी मिलेगा। उसके बापू ने यह बात अपने भाई को भी बताई। अंतत: यह तय हुआ कि बच्चों को लेकर विद्यालय चला जाये। वह पहला दिन था जब वह अपने भाई के साथ स्कूल गया। आगे का वृतांत, उसी से।

मास्टरजी ने हम दोनों का दाखिला कर लिया। जब हम अपनी कक्षा में पहुँचे तो हमने महसूस किया कि अन्य बच्चों का हमारे प्रति व्यवहार वैसा ही था जैसा हमने सोचा था। हमें क्या, हम तो दोपहर का खाना खाने एवं वज़ीफा लेने आए थे, पढ़ाई जाए भाड़ में। जब दोपहर में खाने का नम्बर आया तो वहाँ का नजारा भी कक्षा से भिन्न न था, अत: हमने अगले दिन से स्कूल न आने

की सोची। छुट्टी होने पर जब बापू ने पूछा तो हमने बता दिया कि हम स्कूल नहीं जायेंगे, परंतु बापू को मुफ्त खाना दिखाई दे रहा था, अत: हमें स्कूल जाने को मजबूर किया गया वैसे भी फसल कटाई का यह मौसम तो था नहीं।

हम मन मसोसकर अगले दिन स्कूल गए। दूसरा दिन भी पहले दिन से भिन्न न था, वही बच्चे, न कोई दोस्त बना, न कोई मिलने-जुलने वाला। हम नहीं भी पढ़ते तो मास्टरजी हमें कुछ न कहते। लगा कि स्कूल को हमारी जरूरत नहीं है, अत: हम भी पढ़ने में मन न लगाते। आधे दिन के बाद हम भाग जाते एवं घर न जाकर यहाँ-वहाँ मटरगश्ती करते रहते और शाम को घर पहुँच जाते। वैसे भी हमारा स्कूल का उद्देश्य पूरा हो रहा था क्योंकि दोपहर का खाना तो हम खाकर ही निकलते थे।

एक दिन हमारे घर गाँव का एक आदमी आया जो बापू को कहने लगा कि यदि दिल्ली में काम करने चलो तो प्रतिदिन की मजदूरी सौ रुपये रोज मिलेगी जिसमें दस प्रतिशत मेरा हिस्सा होगा। मैं वहाँ रहने का भी इंतजाम करवा दूँगा। चाहो, तो जाने का किराया भी दे दूँगा जो वहाँ जाकर तनख्वाह से काट लूँगा। प्रस्ताव अच्छा था क्योंकि गाँव में तो महीने में हजार रुपये मिलना मुश्किल हो जाता था जबकि दिल्ली में तीन हजार बापू के और तीन हजार माँ के, छ: हजार तो मिलेंगे, थोड़े से ठेकेदार भी रख लेगा तो भी बहुत है। बापू ने ठेकेदार को जवाब किया कि वह घर में चर्चा कर उनको कल बता देगा। वैसे ठेकेदार ने बताया कि गाँव के दस अन्य परिवार भी दिल्ली जा रहे हैं।

रात में बापू, माँ, काका और काकी की बैठक हुई। माँ का कहना था कि हम लोग गाँव में ही अच्छे हैं। काका और काकी दिल्ली ही जाना चाहते थे। बापू ने माँ का पक्ष लेकर समझाने की कोशिश की एवं तर्क दिया कि जब गाँव के दस परिवार जा रहे हैं तो हमें गाँव में ही काम मिल जाएगा। काकी ने कहा कि फसल के समय हम आ ही जायेंगे तो यहाँ भी काम कर लेंगे और वहाँ से भी पैसे कमा लेंगे। मैं और मेरा भाई चुप थे क्योंकि हमसे तो कोई पूछ ही नहीं रहा था। वैसे हम लोग तो यही चाहते थे कि जहाँ भी रहे, दोनों साथ में रहें। फिर दिल्ली का खिंचाव इतना अधिक था कि एक बार दिल्ली भी देखना चाहते थे। अंत में वही हुआ जो हम नहीं चाहते थे, बापू ने गाँव में ही रहने का निर्णय लिया जबकि काका ने दिल्ली जाने का। और वह दिन भी आ गया जब काका, काकी और मेरा भाई - मेरा दोस्त - मेरा हमसफर,

दिल्ली जाने के लिए तैयार थे। घर का सामान जो तीन बोरियों एवं एक पोटली में आ गया था, उनके साथ जा रहा था। बड़े लोग जितना सामान घूमने जाते समय ले जाते हैं, उतनी तो गरीब की गृहस्थी होती है।

मुझे माँ-बाप का निर्णय बिल्कुल अच्छा नहीं लगा, परंतु काका-काकी तो भी तो अपने बड़े भैया-भाभी की बात मान सकते थे। काका-काकी की यह बात भी मुझे अच्छी नहीं लगी। जो भी हो, हम सब उन्हें गाँव के पास सड़क तक छोड़ने गए जहाँ से वे बस में बैठकर पास के एक शहर चले गए। बापू बता रहा था कि रात में उन्हें रेलगाड़ी मिलेगी और दिल्ली पहुँचने में पंद्रह घंटे लगेंगे। मैंने सोचा कि यदि बापू भी दिल्ली जाता तो मुझे भी रेलगाड़ी में बैठने का मौका मिलता। सुना है, रेल बहुत तेज चलती है। दूसरी ओर भाई के जाने से उदास तो था ही, अब पता चला कि वह तो बहुत दूर जाने वाला है। रेल से भी पंद्रह घंटे। अरे भगवान, दिल्ली इतनी दूर है कि तेज चलने वाली रेल से भी इतनी देर का सफर। न बाबा न, बापू दिल्ली नहीं गया तो ठीक ही है। आज उसे पता चला कि बापू का ज्ञान भंडार भी बहुत बड़ा है। जरूर बापू कभी न कभी दिल्ली गया होगा।

अब स्कूल जाने का मन ही नहीं होता फिर भी मैं चला जाता। मुझे महसूस हुआ कि गाँव के स्कूल में आधे से अधिक बच्चे स्कूल जाने के लिए जाते हैं, पढ़ने के लिए नहीं। इसी तरह कुछ अध्यापक भी स्कूल आने के लिए आते हैं, पढ़ाने के लिए नहीं। जो भी हो, ज़िंदगी की गाड़ी वैसी ही चलने लगी, न गाँव में बापू को कोई अतिरिक्त कार्य मिला और न हमारी ज़िंदगी में कोई बदलाव आया। दीवाली के समय पता चला कि काका-काकी वापस आ रहे हैं, तो मैं अपने भाई से मिलने को बेताब हो गया।

दीवाली में जब काका-काकी आए तो लगा कि दिल्ली में कुछ तो था जिसने उनका स्तर ऊँचा उठा दिया था। अच्छे कपड़े, घड़ी, काकी के गले में पीतल के गहने, बिंदी, चूड़ियां, यहाँ तक कि लिपिस्टक और भाई के पास चार-चार खिलौने। आते ही उसने मुझे खिलौने दिखाए और हिदायत दी कि छूना नहीं, नहीं तो टूट जायेंगे। बहुत महंगे हैं। बड़ी मिन्नतें करने पर उसने मुझे बस हाथ लगाने दिया, चलाने की बात तो दूर रही। मुझे समझ आ गया कि अब वे लोग बड़े आदमी हो गए हैं। थोड़ा बहुत कुशलक्षेम पूछने के बाद बापू ने काका से पूछा कि वे दिल्ली में कहाँ रहते हैं? उन्होंने बताया कि ठेकेदार ने झुग्गी बनाकर दी है। अब बापू को मौका मिल गया, बोला, मैंने तो कहा

ही था कि अपने गाँव में रहो परंतु तुझे तो दिल्ली ही जाना था। चलो, रहो परदेश में झुग्गी में। रात में मुझे मालूम हुआ कि बापू ने यह बात भी झेंप मिटाने के लिए कही थी क्योंकि वह माँ को कह रहा था कि यदि हम लोग भी दिल्ली चले गए होते तो हम भी कमाई कर लाते। देख, छोटा कितनी कमाई करके लौटा है जबकि अभी उसे सात-आठ महीने ही हुए हैं। माँ ने नहले पे दहला मारा, 'कर ले कमाई। हम तो गाँव के हैं, गाँव में ही रहेंगे। क्या पता, शहर में क्या-क्या होता है?'

काका ने वापिस जाते समय एक बार फिर बापू से कहा कि भैया, चलना है तो दिल्ली चलो। यदि दिल्ली में झुग्गी मिल गई तो हजारों के वारे-न्यारे हो जाएंगे। परंतु बापू ने कहा कि भैया जाओ, यहाँ भी तो कोई चाहिए जो तुम्हारा घर-बार देख सके। हम यहीं ठीक हैं।

इस बात को चालीस बरस बीत गए। चालीस बरस का समय बहुत लम्बा होता है, परंतु निकल जाता है। मेरा भाई दिल्ली में ही बस गया। बता रहा था कि उन्होंने जो झुग्गी डाली थी उसे सरकारी मान्यता मिल गई। अब सरकार झुग्गी के बदले मकान देगी। दिल्ली में अब झुग्गी भी लाखों में मिलती है। वह दिल्ली में ही मजदूरी करता है। मैंने अब अपने बापू का काम संभाल लिया है, वही मजदूरी, वही फसल की कटाई। लगता है, हम दोनों अपने बापू और काका के चोले में बंद हो गए हैं, परंतु हमारे बच्चों में एक बड़ा अंतर आया है। मेरे बेटे ने तो मेरा चोला पहन लिया है, परंतु मेरे भाई का बेटा दिल्ली में पढ़ता रहा, स्कूल पढ़ने के लिए जाता रहा और सुना है आज इंजीनियर बन गया।

काका का फैसला आज रंग लाया था जबकि बापू के फैसले में रंग भरने का अवसर ही नहीं था, भले ही उसका फैसला ठीक था क्योंकि इतने वर्षों में गाँव और शहरों में विकास का फासला कम नहीं, शायद बढ़ गया था।

आस-पड़ोस की लघु कहानियाँ

बेवकूफ

सरकार एक वस्तु पर दो सौ रुपये की सब्सिडी दे रही थी। मतलब पाँच सौ रुपये की वस्तु तीन सौ रुपये में।

इससे न तो सरकार को कोई समस्या थी और न जनता को। जनता का पैसा जनता की भलाई के लिए ही जा रहा था।

एक निजी कम्पनी को इस क्षेत्र में एक बड़ा बाज़ार और अपने फायदे की अपार संभावनाएँ दिखाई दीं। उसने एक एसोशिएसन के नाम पर पंचतारा होटल में बढ़िया-सा सम्मेलन आयोजित किया। कुछ एक्सपर्ट बुलाए और नेताजी को भी। देश में सब्सिडी खत्म होनी ही चाहिये आखिर कब तक सरकार सब्सिडी देगी, सभी एक्सपर्ट की यही राय थी। संस्तुति तो पहले से ही बनाकर रखी हुई थी, नेताजी और सरकार के पास पहुँच गयी। निजी कम्पनी के मालिक ने भी संस्तुति सहित नेताजी से मुलाकात कर ली।

सरकारी कम्पनियों को आदेश जारी हो गया कि सरकार सब्सिडी देना बंद करने वाली है।

उस वस्तु के दाम दो वर्ष में पाँच सौ रुपये हो गये। सरकारी कम्पनियाँ अब फायदे में आ गयीं। अब निजी कम्पनी के लिये सरकारी कम्पनियों को अधिग्रहण करने की तैयारी पूरी हो गयी थी।

एक दिन खबर आई कि निजी कम्पनियों ने सरकारी कम्पनियों का अधिग्रहण कर लिया है और वे पाँच सौ रुपये में वही वस्तु देने को भी तैयार हो गयी हैं।

सरकार अपनी पीठ ठोंक रही है कि वह सरकार चलाने में जनता की भागीदारी को बढ़ावा दे रही है इसलिये उसने सरकारी कम्पनियों में जनता की भागीदारी सुनिश्चित कर दी है।

कौन-सी जनता और कैसी भागीदारी? मुझे तो समझ आया ही नहीं, बेवकूफ जो ठहरा।

पता नहीं, मुझे इतने घटिया सपने क्यों आते हैं जिनका सच्चाई से कोई नाता होता नहीं, वह भी तब जब मुझे अर्थशास्त्र की कोई जानकारी ही नहीं? माफ करना, सपने तो सच होते ही नहीं।

∗ ∗ ∗

भ्रष्टाचार

वह मेरे पड़ोस में रहता था और गिफ्ट तथा स्टेशनरी की दुकान चलाता था। एक दिन मैं उसकी दुकान पर गया तो वह नहीं था। मैंने उसके सेल्समैन से एक गिफ्ट का दाम पूछा तो उसने अस्सी रुपये बताये। तभी वह आ गया। आते ही वह बोला कि सरकारी दफ्तर में भ्रष्टाचार ही भ्रष्टाचार है।

जब मैंने उससे इस बारे में पूछा तो उसने बताया कि सरकारी बाबू ने अस्सी रुपये की रसीद दी और सौ रुपये ले लिये।

तभी एक विदेशी पर्यटक उसकी दुकान पर आया। उसने भी वही गिफ्ट खरीदने की इच्छा जाहिर की। मेरे पड़ोसी ने उसका मूल्य दो सौ रुपये बताया। दो सौ रुपये लेकर उसने गिफ्ट विदेशी को दे दिया।

अस्सी रुपये की गिफ्ट दो सौ रुपये में बेचने पर जब मैंने उससे पूछा, 'क्या यह भ्रष्टाचार नहीं है?'

इस पर वह बोला, 'कौन सा भ्रष्टाचार?'

∗ ∗ ∗

आस-पड़ोस की लघु कहानियाँ

पकड़

उसके और उसके चचेरे भाइयों के रहन-सहन में बहुत अंतर था। उसके चचेरे भाइयों के पास पक्का घर था, बाज़ार में दुकान थी और कार भी थी, जबकि न उसके पास पक्का मकान था, न अन्य सुविधायें। वैसे पिताजी और चाचाजी सगे भाई थे, परंतु उसे कभी समझ में नहीं आया कि उनके बीच इतना अंतर क्यों था। वह सोचता रहता कि एक दिन माँ से अवश्य पूछेगा क्योंकि उसके पिताजी तो अब रहे नहीं।

एक दिन उसने माँ से पूछा तो माँ ने कहा, 'बेटा, उन्हें खजाना मिल गया था।' इसके बाद बात आई-गई हो गयी। एक दिन वह अपने चचेरे भाइयों की दुकान पर वैसे ही गया था तो उसके भाई ने बड़े ही बद्तमीजी से उससे कहा कि यहाँ क्यों आया है? आइंदा यहाँ आया तो तेरी खैर नहीं। उदास मन से वह घर आ गया। जब उसकी माँ ने बेटे को उदास देखा तो उससे रहा नहीं गया और उसने पूछ ही लिया कि बेटा क्या हुआ?

उसने माँ को सच-सच बता दिया। माँ को भी अब रहा नहीं गया और वह बोली कि बेटे, ये लोग जो मजे कर रहे हैं, यह सब हमारी बदौलत ही है। तेरे पिताजी पढ़े-लिखे तो थे नहीं, तेरे चाचा ने धोखे से तेरे दादाजी से सारी जमीन अपने नाम करा ली और कभी बताया भी नहीं। यहाँ तक कि तेरे दादाजी और दादीजी को भी उन्होंने घर से निकाल दिया था। हम लोगों ने कैसे-कैसे दु:ख उठाए, यह मैं ही जानती हूँ। इसी गम में तेरे दादाजी और पिताजी भी चल बसे। उसी जमीन की बदौलत उन्होंने पक्का मकान बनवा लिया और दुकान खरीद ली। अब वे मजे कर रहे हैं और हम पाई-पाई को तरस रहे हैं। भगवान करे, इनका भी वही हाल हो जो हमारा है।

यह सुनकर उसका खून खौलने लगा। क्या घर के लोग इतने भी नीच होते हैं कि अपने ही परिवार के बेकसूर और अच्छे लोगों को सताते हैं। उसने मन ही मन प्रण किया कि भगवान कुछ करें या न करें, मैं इनको अब छोडूंगा नहीं।

अब उसका मन पढ़ाई में नहीं लगता, बस उसे उसके चचेरे भाई ही दिखाई देते। अभी बेचारे की उम्र भी मुश्किल से सोलह वर्ष की थी, कच्चा मन और कच्चा दिमाग, पर पक्का इरादा।

उसे इतनी समझ तो थी कि वह अकेला अपने चाचा और उनके बेटों का कुछ नहीं बिगाड़ सकता। यही सोचकर उसने सोचा कि किसी की मदद ली जाये, पर किसकी? यदि किसी बड़े से बात की तो वह क्या पता, चाचाजी को ही बता दे। बहुत सोचने के बाद, उसे समझ में आया कि इसके लिये उसके स्कूल के दोस्त ही ठीक रहेंगे। उसे यह भी पता था कि ऐसा काम करने के लिये दोस्ती और पक्की करनी पड़ेगी। अब बिना खर्च किए तो दोस्ती होने से रही, अत: उसने माँ के बक्से को खोला, शायद कुछ पैसे मिल जायें। बक्से में उसे चाँदी के कुछ जेवर मिल गये, उसने उन्हें निकालकर बक्से को बंद कर दिया। अब इसे आप चोरी कहें या जरूरत, उसने माँ के जेवर बेच दिये।

गर्मियों की छुट्टियाँ चल रही थीं, अत: उसके दोस्त भी खाली थे। वह उन दोस्तों के पास गया जो आवारा किस्म के थे और उन्हें इधर-उधर घुमाया, खिलाया-पिलाया। पंद्रह-बीस दिन में ही इसका असर दिखने लगा, दोस्ती पक्की हो गयी थी। आवारा लड़कों को इस उम्र में खिलाने-पिलाने और घुमाने वाला मिल जाए तो वे उसके लिये कुछ भी करने को तैयार हो जाते हैं, चाहे किसी का कत्ल करा लो। उन्हें क्या पता कि कत्ल करने से क्या होता है?

जब वे साथ-साथ घूमे-फिरे तो कई किस्म की बातें भी हुईं। एक दोस्त ने बताया कि उसके पास तो कट्टा भी है। उसे तो इसी का इंतजार था कि कोई कट्टा मिल जाये। उस दोस्त ने बताया कि वह पाँच सौ रुपये में कट्टा दिलवा देगा और सौ रुपये के हिसाब से कारतूस। उसने इसी के लिये तो माँ के जेवरों को बेचकर मिले कुछ पैसे रखे थे। उसने फौरन अपने दोस्त को एक कट्टा और चार कारतूस खरीदने को राजी कर लिया। कई बातें हुईं कि कट्टा साइकिल के डंडे से बनता है वह भी इस मार्का की, उसका पाइप बहुत अच्छा होता है, पुरानी साइकिल मिल जाए तो क्या कहने, नई वाली तो बेकार है, वगैरह-वगैरह। जितनी बुद्धि, उतनी बातें, सब सुनी-सुनाई।

अब वह कमर में कट्टा खोंस कर चलता और कारतूस जेब में डाल लेता। अब उसकी हिम्मत भी बढ़ गई थी। एक दिन उसके एक दोस्त ने शहर में जाकर फिल्म देखने का प्रस्ताव रखा। वह किसी भी दोस्त को दु:खी नहीं कर सकता था अत: उसने हाँ कर दी, परंतु यह भी बता दिया कि उसके

पास कुल सौ रुपये हैं और फिल्म देखने के लिये और आने-जाने के लिए कम से कम तीन सौ रुपये तो चाहिये। इसका उपाय भी उस दोस्त ने ही बता दिया। तेरे पास कट्टा तो है ही, चल शाम को तिराहे के पास किसी से रुपये छुड़ा लेंगे। अब सब एक ही भाषा बोलने लगे थे, अतः सब ने इसके लिए भी हामी भर ली।

शाम को जाकर उन्होंने एक तांगे में बैठे यात्रियों को लूट लिया, वह भी कट्टे से फायर करके। यही उनके जुर्म की पहली परंतु बड़ी शुरुआत थी, डकैती, छीनाझपटी, अवैध हथियार और अवैध फायरिंग।

लूट में उन्हें तीन हजार रुपये मिल गये और वे फिल्म देखने शहर भी चले गये। शहर में गाँव के ही लड़कों के पास रुके और उन्हें भी फिल्म दिखाने ले गये। वे भी अचरज में पड़ गये कि इनके पास इतने पैसे कहाँ से आ गये। अब अपराध अधिक तो छिपता नहीं, फिर ये तो बच्चे थे। एक दिन किसी ने छोटे से झगड़े में धमकी दे डाली तो उसने पुलिस में शिकायत कर दी। पुलिस तो तांगे में हुई घटना के अपराधियों को ढूंढ़ ही रही थी, उन्हें रस्सी का सिरा दिखाई दे गया, धमकी, पैसे, फिल्म और आवारागर्दी। दो-चार डंडों से ही काम चल गया और सभी आ गए जेल में।

स्कूल के बच्चे जेल में पहुँच गए तो उन्हें कुछ तो सीखना ही था। वैसे भी कहते हैं कि एक उम्र होती है जब ही वो चीजें सीखीं जा सकती हैं। जुर्म सीखने के लिये इनकी बिल्कुल सही उम्र थी और जेल से अच्छी जगह कहाँ मिलेगी जुर्म सीखने के लिये। कुछ दिन में ही उन्होंने चोरी, डकैती, अपहरण और कत्ल के सभी गुर सीख लिये।

जब वे जेल से बाहर आए तो पहले से भी अधिक हट्टे-कट्टे थे। कुछ लोगों का मानना है कि जेल में दुबले हो जाते हैं, परंतु ऐसी बेकार बातें उन लोगों के लिए हैं जिन्हें बिना जुर्म के जेल जाना पड़ता है और वे इसी गम में दुबले होते रहते हैं। जुर्म करने वालों के लिये तो घर से अधिक जेल आरामदायक जगह होती है, अतः वे जेल से तंदुरस्ती बनाकर बाहर आते हैं। खैर जो भी हो, बच्चों ने जेल में ही योजना बना ली थी कि बाहर निकले नहीं कि सबसे पहले चाचा का हिसाब पूरा करेंगे। नाबालिग होने का उन्हें फायदा मिल गया था और जेल में कम ही दिन बिताने पड़े थे।

जेल से बाहर आते ही वे अपने इंतजाम में लग गये, कुछ कट्टे, कुछ कारतूस और एक-दो बंदूकें। इस सबका इंतजाम करने में उन्हें अब अधिक

समय नहीं लगा, एक सप्ताह भी नहीं हुआ और सप्ताह के अंत में वे चाचा के सिर पर खड़े थे, खोपड़ी फोड़ने को तैयार। 'प्यारे चाचाजी, खेती मेरी माँ के नाम करेंगे या गोली खायेंगे,' भतीजे ने पूछा। चाचाजी को अब तक भतीजे की हैसियत का पता चल ही चुका था, सो तुरंत वकालतनामे पर दस्तखत कर दिये। यहाँ उन्होंने दस्तखत किये नहीं कि गोली उनके भेजे में थी। पुराना हिसाब-किताब एक मिनट में बराबर।

कत्ल करना तो आसान था, परंतु कत्ल के बाद पुलिस से बचना मुश्किल। अत: रातों-रात सभी ने शहर छोड़ दिया। पुलिस को उनके घर और रिश्तेदारों के ठिकाने पता करने में तो देर लगनी ही नहीं थी, यह सब को मालूम था, अत: उसने बड़े शहर के गाँव के लड़कों के पास जाने की योजना बनाई। सभी एक कॉलेज के हॉस्टल में जाकर छिप गये। पुलिस को अहसास ही नहीं हुआ कि वे हॉस्टल में छुपे होंगे। फिर भी आखिर कब तक छुपे रहते, जीवन चलाने के लिए पैसे तो चाहिए ही और पैसे या तो मेहनत से कमाने से आते हैं या गोलमाल से अथवा बुरे कर्मों से। जहाँ मेहनत का सवाल है, कुछ लोगों का तो यहाँ तक मानना है कि चोरी, डकैती और अपहरण भी मेहनत का काम है। जो भी हो, आप मेरा आशय तो समझ ही गए होंगे। सभी ने विचार-विमर्श किया और सभी पहलुओं को परखा। यदि डकैती की तो हो सकता है, हम में से कुछ मारे जाएं और गिरोह भी बड़ा चाहिये, अधिक हथियार भी और पुलिस का भी अधिक खतरा। डकैती पैसे वाले के यहाँ ही की जा सकती है और उनके पास अपने आदमी भी हो सकते हैं और हथियार भी। इस काम में अधिक खतरा था, अत: इस विचार का त्याग कर दिया गया। उसने सुझाव दिया कि हम अपहरण करते हैं और वो भी पैसे वालों के बच्चों का, जो बाहर पढ़ते हैं, न उनके पास हथियार और न कोई खास समझ। उनके माँ-बाप भी पैसे लेकर दौड़े-दौड़े आएंगे। इसमें खतरा भी कम से कम और माल भी अधिक।

आसपास के सेठों के बच्चों की जन्म कुंडलियाँ तो उनके पास थी हीं, बल्कि एक तो उसी हॉस्टल में रह रहा था। पक्का हो गया कि उसको ही उठा ले जायेंगे। जिसके पास रुके थे, उसे लालच दिया कि यदि तुम उसे बस स्टैंड तक ले आओगे, तो दस हजार तुम्हारे। वह राजी हो गया। अब आवश्यकता थी एक सरकारी गाड़ी की और दो मकान की, कट्टे तो थे ही। सबसे मुश्किल काम था सरकारी गाड़ी का इंतजाम करना। इसके लिये तय हुआ कि किसी

गैराज में चलते हैं। एक गैराज में उन्होंने देखा कि पुलिस, सेना और अन्य विभागों की सरकारी गाड़ियाँ ठीक करवाने के लिये आती हैं। उनमें से एक लड़के को गैराज में काम करने का अभ्यास था। अत: यह तय हो गया कि वह उस गैराज में नौकरी कर लेगा और मौका मिलते ही एक रात के लिये गाड़ी ले लेगा। अगले दिन ही वह गैराज में गया और मालिक ने जब कहा कि वह उसे केवल पाँच सौ रुपये देगा, तो वह मान गया। अब गैराज मालिक को तो सस्ता मैकेनिक चाहिये था जो उसे मिल गया था।

उसने दो मकान किराये पर लेने की बात कही तो उनमें से एक का मत था कि इसकी क्या आवश्यकता है क्योंकि हमें पकड़ को तो एक ही मकान में रखना है। परंतु उसने बताया कि हम सब लोग सुबह एक मकान से दूसरे मकान में जाएंगे जिससे मकान मालिक और पड़ोसियों को यही लगेगा कि हम सब नौकरी करते हैं। अब सबकी समझ में आने लगा था कि बुद्धि में वह सबसे अधिक तेज है, अत: बिना किसी लिखा-पढ़ी के उसे ही गिरोह का सरगना मान लिया गया।

मकान मिल गए और उन्होंने किराया समय से देना शुरू कर दिया जिससे मकान मालिक को घर में आने की जरूरत ही न पड़े। आसपास में बता दिया कि वे नौकरी करते हैं और ठीक दस बजे वे एक घर से दूसरे में चले जाते। दो महीने बीते होंगे कि एक दिन गैराज में काम करने वाले लड़के ने बताया कि उसके गैराज में पुलिस की एक कार ठीक होने के लिए आई है। बस फिर क्या था, पकड़ के लिए मंच तैयार था।

उस लड़के को जिसे दस हजार देने का वायदा किया था, उसे दस हजार दे दिये गये और उससे कहा कि तुम उस लड़के को ठीक सात बजे शाम को बस स्टैंड के पास लाओगे। उसको सलाह दी गई कि तुम उसे फिल्म दिखाने ले जाओ और जब फिल्म खत्म हो जाए तो बस स्टैंड पर किसी बहाने ले आना या यह कहना कि तुम घर जा रहे हो। कहना क्या, तुम घर ही चले जाना, और उसे बस स्टैंड पर छोड़ देना। गैराज में काम करने वाले लड़के ने गैराज मालिक से विनती की कि वह उसे दो घंटे के लिये गाड़ी दे दें तो वह अपने दोस्त को डॉक्टर को दिखा आयेगा। मालिक ने गाड़ी इस शर्त पर दे दी कि पेट्रोल तू ही भरवाएगा। बस काम हो गया था।

दस हजार रुपयों ने कमाल दिखाया, वह लड़का अपने दोस्त को फिल्म दिखाने ले गया और लौटकर बस स्टैंड ले आया। यह कहकर कि वह घर जा

रहा है, चल वहीं थोड़ा खा-पी लेंगे और फिर मैं चला जाऊँगा। दोस्त को इसमें कोई खामी नजर नहीं आई। वह उसके साथ बस स्टैंड चला गया। ठीक सात बजे वह उठा और बोला कि मैं बस पकड़ने जा रहा हूँ। उसने इशारा किया और जैसे ही वह आँखों से ओझल हुआ और उसका दोस्त दुकान के बाहर पहुँचा, एक लड़का उसके पास आया और कहने लगा कि आपको इंस्पेक्टर साहब बुला रहे हैं। पुलिस की गाड़ी देख वह गाड़ी तक पहुँचा ही था कि उसे अपहरणकर्ताओं ने अंदर खींच लिया और उसके मुँह पर पट्टी बाँध दी। पकड़ को वे उसी शहर के मकान में ले गए जो किराये से लिया था।

दो घंटे में ही कार गैराज में थी, पकड़ का दोस्त अपने घर में, पकड़ किराये के मकान में, और पकड़ का लिखा पत्र उसके बटुए के साथ उसके पिता के पास जिसमें लिखा था कि मुझे जंगल में रखा गया हैं जहाँ घुप्प अंधेरा है और रोज दस किलोमीटर पैदल चलाते हैं और मारते भी हैं।

सब जगह सब कुछ सामान्य चल रहा था, पकड़ के घर के सिवा।

रात में जब उसने पकड़ को देखा तो ऐसा लगा कि वह पूछ रहा है कि आखिर लोग बेकसूर को क्यों सताते हैं? परंतु आज उसके पास कोई जवाब नहीं था न उस दिन था जब उसने यही प्रश्न अपनी माँ से पूछा था।

सरकारी सम्पत्ति

हर सरकारी विद्यालय, इमारत और रेल पर लिखा था - सरकारी सम्पत्ति आपकी अपनी है। सबने इसका मतलब अपने-अपने हिसाब से लगाया।

एक विद्यार्थी ने जब स्कूल में लिखा देखा तो शौचालय में जाकर अपनी चित्रकारी की और मन भरकर अपनी लिखावट का नमूना पेश किया।

एक सरकारी कर्मचारी ने जब यह सरकारी भवन पर लिखा देखा तो लिफ्ट में जाकर अपनी कला का प्रदर्शन ही नहीं किया, अपने उद्गार भी व्यक्त कर दिये।

रेल यात्री कहाँ पीछे हटने वाले थे? उनमें से कई यात्रियों को तो बहुत सारे शौचालयों में चित्रकारी करनी थी और ऊपर से आम जनता को अपने विचार बताने थे। उन्होंने कोई शौचालय नहीं छोड़ा जहाँ से पता नहीं चलता कि वे चित्रकार ही नहीं, अच्छे लेखक भी हैं। यहाँ तक कि कुछ कविताएं भी लिखी गयीं। शायद उनके अनुसार पत्तों और कागज में लिखना पुराना तरीका था।

एक सरकारी अधिकारी ने तो सारी बाढ़ सहायता स्वयं रख ली क्योंकि इस वाक्य का उसने यही मतलब निकाला।

एक नेताजी ने भी यह पढ़ा तो उन्हें भी लगा कि अरे, सरकारी सम्पत्ति तो अपनी होती है। उन्होंने इसका मतलब क्या निकाला, मालूम नहीं?

पता नहीं, लोग - सरकारी सम्पत्ति आपकी अपनी है, इसका मतलब जानते हुए भी निकालते क्यों हैं?

* * *

पहचान

भगवान श्रीकृष्ण ने सोचा, चलो अपने भारत देश में एक टूर कर लिया जाए, वैसे भी बहुत दिन हो गये थे वहाँ से कोई खबर नहीं आई।

जब चलने लगे तो समस्या आ गई कि पहले कहाँ चलें? उन्होंने इस बारे में नारदजी से चर्चा की। उन्होंने सलाह दी, आप दिल्ली चले जाइये क्योंकि आजकल वहीं से राजपाट चलता है।

भगवान दिल्ली पहुँच गये। दिल्ली को जब उन्होंने ध्यान से देखा तो याद आया कि यह तो इंद्रप्रस्थ है जिसको बसाने में उनका भी बड़ा योगदान था। इंद्रप्रस्थ अर्थात् दिल्ली की सुंदरता देखकर उन्हें बड़ी खुशी हुई। उन्हें बड़ा आश्चर्य हुआ कि इसको बसाने में उनका अथवा पांडवों का कोई नाम लेने वाला भी नहीं था। उन्हें इसकी उम्मीद नहीं थी, इसलिये उन्होंने एक राहगीर से पूछा कि इस नगर का नाम दिल्ली किसने रखा? उसने भगवान को अजीब नजरों से देखा और पूछा कि आप हैं कौन?

भगवान जी ने बड़े विनम्र भाव से बताया, 'श्रीकृष्ण।' उसने पूछा, 'कौन श्रीकृष्ण?'

भगवान ने बताया, 'मैं श्रीकृष्ण जिसने इंद्रप्रस्थ बसाने में सहयोग दिया और भगवत-गीता का उपदेश दिया।'

राहगीर को लगा कि पता नहीं किस पागल से पाला पड़ गया। बिना जवाब दिए वह चलता बना।

भगवान ने ऑटो वाले से पूछा कि भैया क्या आप इंद्रप्रस्थ किले का रास्ता बताएंगे। ऑटो वाले ने उनसे पूछा कि आपको जाना कहाँ है? जब भगवान जी ने फिर बताया कि इंद्रप्रस्थ किले तो उसने पूछा, 'आप हो कौन'? भगवान जी ने बताया, 'श्रीकृष्ण'। उसने उन्हें घूरा और कहा, 'रिक्शा खाली नहीं है।'

भगवान फिर एक मंदिर में पहुँचे। वे यह देखकर बहुत प्रसन्न हुए कि मंदिर में उनकी मूर्ति लगी थी। उन्होंने मंदिर के पुजारी से पूछा कि क्या

आजकल भगवत-गीता पर भी कोई प्रवचन होता है? पुजारी जी ने उनसे पूछा कि आप हैं कौन? जब भगवान श्रीकृष्ण ने अपना नाम बताया तो पुजारी जी हँसे और उनसे बोले, 'तो आप यहाँ क्या कर रहे हैं?'

वास्तविकता यही है कि हम सब भगवान की पूजा करते हैं पर क्या हम उन्हें पहचानते हैं? यदि नहीं तो भगवान मिल भी गए, तो न तो उन्हें पहचानेंगे और हो सकता है कि न उनके कहने पर विश्वास करेंगे। यदि बिना पहचाने विश्वास कर लिया तो हो सकता है, कोई साधारण व्यक्ति अपने आपको भगवान बता दे जैसा पुराने ग्रंथों में भी वर्णित है।

आवश्यकता है, भगवान को पहचानने की।

जनता का शासन

राजा, सामंत और जनता।

राजा के लिये महल, सामंतों के लिये हवेलियाँ और आम जनता के लिये कच्चे घर। यही वजह है कि पुराने शहरों में केवल महल, मंदिर और हवेलियों के अवशेष मिलते हैं। महल रहे, कुछ हवेलियाँ रहीं, परंतु कच्चे घर टूटते-बिखरते रहे।

यही तो था इस देश में जो कई वर्षों से देश की स्वतंत्रता तक चलता रहा।

जमाना बदला।

देश स्वतंत्र हुआ। राजे-महाराजे चले गये। लोकतंत्र आ गया तो जगह-जगह पक्के मकान बनने लगे, कुछ बड़े, कुछ छोटे पर आम जनता के। कुछ महल सरकार के पास आ गये तो कुछ पुराने राजाओं के पास भी रहे।

जमाना बदला।

निजीकरण हुआ। जनता की भागीदारी के नाम पर उद्योगपति और व्यवसायियों ने सरकार में भागीदारी की। महल और हवेलियाँ फिर बनने लगीं क्योंकि उनके पास पैसा काफी आ रहा था। महंगाई बढ़ने लगी। आम जनता के मकान छोटे होने लगे।

जमाना फिर बदला।

सरकारी तंत्र कुछ लोग ही चलाने लगे, जैसे राजतंत्र में होता था। उद्योगपति और कुछ बड़े अधिकारी राजाओं की तरह रह रहे थे, कुछ सामंतो की तरह और आम जनता छोटे-छोटे एक कमरे के फ्लैट में जिसमें उनका पूरा परिवार रहता था, ठीक झोपड़ों की तरह।

दो सौ वर्षों में लोग लगभग उसी दशा में रह रहे थे जैसे स्वतंत्रता के पहले राजतंत्र में। आम जनता के लिए न घर, न रोटी यदि उस दिन घर के किसी सदस्य ने काम नहीं किया तो। फिर भी कहते हैं कि देश में लोकतंत्र है जिसमें आम जनता का शासन है।

✳ ✳ ✳

आस-पड़ोस की लघु कहानियाँ

माँ

मेरा जन्म एक साधारण परिवार में हुआ था, जिसमें दो बहनें और एक छोटा भाई था। साधारण परिवार की अपनी समस्याएं होती हैं। न अच्छा खाना, न अच्छे कपड़े, न दवा, न बाहर घूमने जाना, और न अच्छी पढ़ाई-लिखाई। जब पढ़ाई-लिखाई ही मुश्किल होती है तो लड़कियों को कौन पढ़ाये? उसका तर्क यह दिया जाता है कि पढ़-लिखकर लड़कियाँ क्या करेंगी, करना है तो उन्हें घर का काम ही। घर के काम का मतलब होता है झाड़ू-पोंछा लगाना, कपड़े धोना, खाना बनाना, बच्चे पालना वगैरह। साधारण परिवार में घर के सभी कार्य लड़कियों अथवा महिलाओं को ही करने पड़ते हैं जैसे कामवाली के, नौकरानी के, नौकर के और मालकिन के भी। मतलब जब जरूरत हो तो नौकरानी और जब जरूरत हो तो मालकिन।

जब मैं दो वर्ष की थी तो बताते हैं कि मेरी छोटी बहन का जन्म हुआ था। दो वर्ष की मुझे तो कोई याद नहीं, परंतु माँ बताती थी कि तब भी मैं छुटकी के पास बैठी ही रहती थी, छुटकी मतलब मेरी बहन जिसका उस समय तक कोई नाम ही नहीं रखा गया था। तीन वर्ष की उम्र में तो मैं उसकी संरक्षक और पालक बन गई थी। उसे गोदी में लेकर घुमाना, दूध पिलाना, पानी पिलाना, चुप कराना और सुलाना। इसके अतिरिक्त घर के छोटे-छोटे कार्य जैसे बापू को पानी देना, पड़ोस से किसी को बुलाना इत्यादि भी मेरे जिम्मे आ गये थे। तात्पर्य यह है कि मैं साधारण परिवारों की तरह ही तीन वर्ष की उम्र में बाल मजदूर बन गई थी। वैसे ये कार्य तभी बाल मजदूरी में आते हैं जब अपने घर में नहीं, दूसरों के घर में किये जायें। वैसे भी, इस देश में कितने लोग जानते हैं कि बाल मजदूरी किसे कहते हैं और जो जानते हैं भी तो गरीबी में क्या करें, कानून देखें कि भूख।

जब थोड़ी बड़ी हुई तो मैंने माँ का हाथ बँटाना भी शुरू कर दिया था। अभी तक सारा काम माँ के जिम्मे था, लेकिन जब मैंने हाथ बँटाना शुरू किया तो माँ के जिम्मे और बहुत से कार्य आ गये, इनमें से कुछ थे - खेत से चारा लाना, गाय बाँधना और उसे चारा देना, खेत में निराई-गुड़ाई करना। बापू ने देखा

कि महंगाई बढ़ती जा रही है तो खेत में थोड़ी-सी जगह में सब्जी भी बो दी। अब सब्जी की जिम्मेदारी तो औरतों की ही होती है, घर में हो या खेत में। गाँव में तो सब्जी बेचती भी औरतें ही हैं। माँ को देखकर तो ऐसा लगता कि वह इंसान नहीं, मशीन थी। सुना है कि मशीन को भी दिन में ज्यादा नहीं चला सकते, नहीं तो वह बंद हो जाती है। गाँव में ही एक चक्की है जिसे चक्कीवाला आधे दिन बंद रखता है। वह कहता है कि इससे ज्यादा चलाई तो चक्की बंद हो जायेगी, आखिर है तो मशीन ही। परंतु माँ तो सबसे पहले तड़के सवेरे उठ जाती और बिना रुके काम करती रहती। ऐसा लगता था कि वह निरंतर काम करने वाली मशीन थी, सुबह से रात तक। रात में भी यदि बापू के पैर दर्द करते तो वह बापू के पैर दबाने बैठ जाती, चाहे उसका सिर दर्द करे अथवा पैर। उसका क्या, थी तो मशीन ही न, निरंतर चलने वाली चाहे उसमें तेल डालो या नहीं।

जैसे-जैसे मैं बड़ी होती गई, माँ का कुछ काम मैंने संभालना शुरू कर दिया। भाई-बहन की देखभाल, उन्हें खिलाना, नहाना, कपड़े पहनाना, बाल बनाना और उन्हें घुमाना आदि कार्य मेरे जिम्मे आ गये। माँ घर पर पुराने कपड़े सिल-सिल कर हमें पहनाती और जब वो कपड़े भी पहनने लायक नहीं रहते, तो उनका बिस्तर बना देती। ऐसा लगता कि उसे हर अच्छी और बेकार वस्तु का उपयोग करना आता था। मैं न तो उसको हँसते देखती, न रोते। हाँ, जब किसी पड़ोसी या रिश्तेदार के यहाँ विवाह होता तो अवश्य वह गाने गाती और खुश दिखती अन्यथा उसे हँसते देखना भी बड़े भाग्य की बात थी। ऐसा लगता है कि उसके आँखों में कहीं न कहीं भविष्य में अपनी बेटियों के विवाह का दृश्य सामने आ जाता था।

जब मैं बारह वर्ष की हुई तो माँ-बापू को मेरे विवाह की चिंता सताने लगी। सुना है, सरकार कहती है कि लड़की का विवाह अठारह वर्ष से पहले नहीं किया जा सकता, परंतु लगता है सरकार को कम दिखाई देता है या दिखाई ही नहीं देता क्योंकि इस देश में अभी भी गाँवों में बहुत-सी लड़कियाँ अठारह वर्ष में माँ बन जाती हैं। एक बार किसी फोटो में देखा था कि एक औरत आँखों पर पट्टी बाँधे तराजू तौल रही थी। उसे देखकर मुझे बहुत हँसी आई थी जब मैंने किसी से पूछा तो उसने बताया कि वह सरकार है। अब झूठ था या सच, मुझे पता नहीं। जो भी है, सरकार अपना काम करती है और माँ-बाप अपना।

माँ-बाप ने मेरे लिये रिश्ता देखना आरम्भ किया और जब तक मैं चौदह वर्ष की हुई, मेरा विवाह तय हो गया। जल्दी विवाह हो तो दहेज कम देना पड़ता है। इस देश के कानून को दरकिनार करते हुए मैं चौदह वर्ष में अपनी ससुराल आ गई।

ससुराल आने पर बहुओं को ऐसा प्रशिक्षण दिया जाता है कि मुँह बंद रखो और कान खुले। कई सास-ससुर, पति, क्या ननद और देवर सभी सोचते हैं कि घर में एक नौकरानी आ गई है और उस दिन से घर के सारे कार्यों की जिम्मेदारी उसकी ही है। वैसे नौकरानी भी औरत ही होती है और बहू भी, परंतु नौकरानी पैसे माँगती है और छुट्टी भी। नौकरानी पूर्णकालिक हो या नहीं, बहुएं तो पूर्णकालिक परिचायिकाएं होती ही हैं। नौकरानी कुछ बोलने को स्वतंत्र होती है, परंतु यदि बहू ने कुछ बोल दिया तो उसकी पिटाई भी हो जाती है क्योंकि शहरों में नहीं, तो गाँवों के साधारण परिवारों में पतियों को यह अलिखित अधिकार प्राप्त है। सुना यह भी है कि मारना-पीटना भी सरकारी नियमों के विरुद्ध है, परंतु घर की सरकार तो घर में चलती ही है। वैसे देश के अधिकांश लोगों को यह मालूम भी नहीं होगा और हो भी तो कैसे उन्हें तो यह भी नहीं मालूम कि देश में दो सरकारें होती हैं – केंद्र और राज्य की। अरे, लोगों को तो यह भी नहीं मालूम कि तहसीलदार से बड़ा भी कोई अधिकारी होता है और मास्टर से बड़ा होता है कोई शिक्षा के क्षेत्र में। कई लोगों के लिए तो प्रधान से बड़ा केवल मुख्यमंत्री ही होता है और कइयों को तो प्रधान और प्रधानमंत्री में अंतर भी नहीं मालूम। जो भी हो, गाँव वालों का काम तो पटवारी, मास्टर और प्रधान से ही पड़ता है। हाँ, पुलिस से जरूर डर लगता है क्योंकि जब भी पुलिस आती है तो किसी न किसी को जेल में बंद करने के लिये पकड़ ले जाती है।

वैसे मुझे मेरी ससुराल से कोई शिकायत नहीं थी। पति होंगे लगभग बीस-इक्कीस के और देवर अठारह के। सास ने शुरू में कुछ-कुछ कहा, परंतु जब मेरा काम देखा तो वह भी कुछ न कहती बल्कि थोड़ा लाड़-प्यार भी कर देती। जैसा मायके में सुना था कि सासें डाँट-डाँट कर जीना हराम कर देती हैं, हो सकता है पीट भी दें या पति से पिटवा दें, ऐसा कुछ नहीं हुआ। मुझे सास का व्यवहार कुछ-कुछ माँ जैसा ही लगा। अतः जिंदगी ठीक-ठाक चल रही थी। हाँ, ससुर अवश्य बापू जैसे न लगते क्योंकि वे कुछ कड़क मिजाज के ही दिखाई दिये।

एक साल बाद मेरी कोख भर गई और मैंने एक बच्चे को जन्म दिया। बच्चे की देखभाल सास करने लगी और पाँच-छः माह बाद मैं भी कभी-कभार खेत जाने लगी। एक दिन जब मैं खेत जा रही थी तो रास्ते में मेरे पैर में कील घुस गई। वैसे तो प्लास्टिक की चप्पल पहने थी फिर भी कील सीधी घुसी और चप्पल को बेधती हुई तलुए में घुसकर पैर के ऊपर तक आ गई। भयंकर दर्द के मारे मैं वहीं बैठ गई। साथ वाली लड़की भागी और सास

को बुला लाई। सास और उस लड़की के सहारे मैं कैसे घर पहुँची, बयान करना भी मुश्किल है। पता लगते ही पति भी घर आ गये और उन्होंने कील निकालने की कोशिश की, परंतु मुझे दर्द के सिवा कुछ नसीब नहीं हुआ। खून की धार बहने लगी, वह अलग। पति भाग कर एक डॉक्टर को बुला लाए, उसने चाकू गरम कराया और कील निकालने लगा। अब गाँव में डॉक्टर भी तो ऐसे होते हैं जिन्होंने न कभी डॉक्टरी की पढ़ाई की और न कभी किसी कॉलेज के दर्शन किये। किसी अस्पताल में कुछ दिन वार्ड ब्वाय की नौकरी उनको डॉक्टर बना देती है। कील न निकलनी थी तो न निकली। बस खून और बहने लगा तो डॉक्टर साहब ने कपड़े जलवाकर उनकी राख घाव पर रखवा कर उस पर कपड़ा बँधवा दिया।

अगले दिन ससुर जी और पति दोनों को खेत में पानी देना था, अतः शहर न जा सके। बहू एक दिन का दर्द तो सह लेगी, लेकिन यदि खेत में पानी नहीं लगाया तो साल भर क्या खायेंगे? पैर फूल कर कुप्पा हो गया था और दर्द, अरे बाप! दो दिन से न तो मैं कुछ खा सकी और न सो सकी। दो दिन बाद पति मुझे एक बैलगाड़ी में शहर ले गए जहाँ एक अस्पताल था। वहाँ लम्बी लाइन लगी थी और किसी ने भी बिना लाइन के हमें अंदर नहीं जाने दिया। जब हमारा नम्बर आया तो दोपहर हो रही थी। डॉक्टर ने पैर देखा तो डाँट लगाई कि इतनी देर बाद क्यों आए और जला कपड़ा घाव पर क्यों लगाया? यहाँ अब कुछ नहीं हो सकता, आपरेशन करना पड़ेगा, इसे तुरंत बड़े शहर के बड़े अस्पताल ले जाओ।

आनन फानन में, पति ने एक जीप का इंतजाम किया, परंतु फिर भी पैसे और गाड़ी का इंतजाम करने में दो घंटे लग गये और जब हम बड़े अस्पताल पहुँचे तो रात हो गई थी। रात में छोटे डॉक्टर ने पैर देखते ही सभी को डाँट लगाई और बताया कि ऑपरेशन करने वाले डॉक्टर सुबह आयेंगे। उसने कुछ गोलियां दी जो बड़ी मुश्किल से पेट में गयीं। पैर न केवल फूल गया था बल्कि पक भी गया था। थोड़ी ही देर में बेहोशी छाने लगी तो डॉक्टर ने एक बोतल ग्लूकोज चढ़ा दी। सुबह जब बड़े डॉक्टर साहब आये तो भी मुझे बेहोशी छाई थी। उन्होंने देखा और बता दिया कि शरीर में जहर फैल गया है और आपने बहुत देर कर दी है। उसके बाद तो एक घंटा भी नहीं हुआ था और आधी बोतल भी शरीर में मुश्किल से गई थी, मेरे प्राण-पखेरू उड़ चुके थे।

मुझे घर से गए पूरे दो दिन भी नहीं हुए थे, परंतु अब मैं नहीं, मेरी लाश वापस आई थी। उसी दिन मेरा क्रियाकर्म भी कर दिया गया। दो दिन में सब खतम।

मेरे मरने का पति को दुःख हुआ, कितना? पता नहीं, ससुर को भी हुआ होगा, कितना? पता नहीं, सास को भी हुआ ही होगा और बापू को भी, ऐसा मेरा मानना है, परंतु कितना? यह मालूम नहीं।

एक माह भी नहीं बीता था कि मेरे ससुर कह रहे थे कि बेटे के लिये बहू ढूंढ़ ली जाए, सास भी यही चाह रही थी क्योंकि उसकी गोद में छोटा बच्चा था, पति भी यही चाह रहे थे और बापू सोच रहा था कि यदि मेरी छोटी बहन का विवाह दामादजी से हो जाए तो उसकी जिम्मेदारी खत्म हो जायेगी और उसको दहेज भी नहीं देना पड़ेगा। मेरी बहन मुझसे दो बरस छोटी थी मतलब तेरह की और मेरा पति बाइस का, परंतु इसमें न तो कोई बुराई मेरे बापू को दिखाई दी, न ससुर को और न पति को इसमें कोई आपत्ति थी। सबने मिलकर मेरी मौत के दो माह के भीतर उसका विवाह कर दिया। कहने को कि विवाह जरूरी था क्योंकि बच्चे को माँ की जरूरत थी। मेरा विवाह चौदह वर्ष की उम्र में हुआ था और मेरी अभागी बहन का तेरह में।

माँ से न किसी ने कुछ पूछा था, न वह मुँह खोल सकी थी। न उसने बेटी के विवाह में गीत गाये थे। विदाई के समय जब माँ ने बेटी का चेहरा देखा तो उसका चेहरा फक्क रह गया। बेटी की नजरों ने उसकी आत्मा तक को झकझोर दिया था। वह सब कुछ समझ गयी, माँ जो ठहरी।

अब वह किसी के विवाह में गीत नहीं गाती। औरतें कहतीं हैं कि उसका गला अब गाने लायक नहीं रह गया है। वैसे वह रोती नहीं, परंतु उसका गला हमेशा रुँधा रहता है। अब वह अकेली अंदर के कमरे में सोती है, चाहे ठंड हो, गर्मी हो अथवा बरसात।

किसी को पता नहीं, परंतु यह सच है कि वह रोज बारह बजे बिस्तर पर जाने के बाद दो बजे तक आँसू बहाती है, अपने लिये नहीं, अपितु दोनों बेटियों के लिये – एक जो मर गई और दूसरी जो विवाह के दिन के बाद से मर रही है।

✳ ✳ ✳

बाज़

बाज़ की बुरी नज़र एक छोटी सी चिड़िया पर पड़ गई।

चिड़िया रोज अपने घोंसले से निकलती, धीरे-धीरे चलते हुए स्कूल जाती। अभी उसकी उम्र ही क्या थी? बेचारी दुबली-पतली, पर सुंदर।

बाज ने एक चाल चली। वह चिड़िया के घर निकलने से पहले गली के मोड़ पर खड़ा हो जाता और ऐसे प्रदर्शित करता कि वह अभी-अभी आया है एवं अपने काम पर जा रहा है।

एक दिन उसने चिड़िया से पूछा, 'बेटे, तुम किसकी बेटी हो?'

उसने अपने पापा का नाम बताया तो वह बोला, 'अच्छा, वे तो मेरे ही साथ काम करते हैं।' उस दिन बस इतना ही वार्तालाप हुआ।

अगले दिन से बाज उससे पूछने लगा, 'बेटी, कैसी हो?' वह भी छोटा सा जवाब देती, 'ठीक हूँ।'

अब चिड़िया ने भी उससे नमस्ते करना शुरू कर दिया। बाज उसे बेटी कहता और चिड़िया अब उसे चाचाजी कहने लगी।

अब बाज चिड़िया पर झपट्टा मारने को तैयार था। एक दिन जब वह स्कूल से वापस लौट रही थी तो वह उसी जगह मिल गया और बोला, 'बेटे, तुम्हारे पापा का एक्सीडेंट हो गया है। मैं तुम्हारी मम्मी को अस्पताल पहुँचाकर आ रहा हूँ।'

चिड़िया सन्न रह गई। पापा को देखने वह चाचाजी के साथ उन्हीं के वाहन पर चली गई।

चाचाजी ने बेटी को नोंच कर रिश्तों का गला घोंट डाला।

✱ ✱ ✱

वातावरण

आज उनका रिटायरमेंट था तो उन्होंने अपने बेटे-बहू को बुला लिया था। बेटी और दामाद भी आए थे। कार्यालय के विदाई समारोह में सभी सम्मिलित हुए थे, उनकी पत्नी, बेटा-बहू और बेटी-दामाद। वहाँ से गाजे-बाजे के साथ सभी उन्हें घर तक भेजने आए थे। आज रात सभी दो बजे तक जागते रहे और दो बजे के उपरांत सोने गए थे।

सुबह उठे तो दिन चढ़ आया था। आज का सारा दिन वे बच्चों व संबंधियों को अपने पुराने संस्मरण सुनाते रहे। इसी में सारा दिन निकल गया। रात को जब उनकी अपने बेटे से अकेले में चर्चा हुई तो बेटा बोला, 'पिताजी, अब आप यहाँ का मकान बेच दीजिए और दिल्ली चलिये, हमारे साथ।' उन्होंने कुछ सोचकर कहा, 'बेटा, मकान तो तुम्हारा ही है, जब चाहो बेच लेना, पर अभी नहीं। जहाँ तक दिल्ली में रहने की बात है, मैं और तुम्हारी माँ अगले माह आ जाएंगे क्योंकि अभी दफ्तर से कुछ बकाया लेना है।' बेटा मान गया।

अगले माह वे अपनी पत्नी के साथ बेटे के घर दिल्ली पहुँच गए। बेटा सुबह दफ्तर के लिए निकल जाता और शाम आठ बजे के पहले न आ पाता। आकर खाना खाता और सोने की तैयारी करने लगता। बहू का भी कमोबेश यही हाल था क्योंकि दोनों नौकरी में थे। रविवार को अवकाश होता तो वे बाजार से सामान लाने और घर के अन्य कार्यों में व्यस्त हो जाते।

एक सप्ताह में ही उन्हें लगने लगा कि वे घर नहीं जेल में रह रहे हैं, न कोई जान-पहचान का, न कोई बातचीत करने वाला, न कोई उन जैसा। उन्हें छटपटाहट होने लगी अपने गाँव जाने की, परंतु बेटे से कहें तो कैसे?

आज रविवार का दिन था और बेटा गमले में एक पौधा लगा रहा था। उन्होंने सोचा, चलो बेटे से बात करता हूँ। जैसे ही वे बेटे के समीप पहुंचे, बेटे ने कहा, 'पिताजी, मैं इस पौधे को चार बार लगा चुका हूँ, पर यह हर बार सूख जाता

है। समझ में नहीं आता, क्यों?' पिताजी ने पूछा, 'बेटा, क्या यह पौधा दूसरे वातावरण में उगा-बढ़ा है।' बेटे ने कहा, 'हाँ, पिताजी।' उन्होंने कहा, 'फिर छोड़ दे बेटे, यह यहाँ नहीं लग सकता क्योंकि इसकी जड़ें यहाँ की जमीन में नहीं जम सकती।' यह कहकर वे वहाँ से चल दिये।

रात को पिताजी ने बेटे से कहा कि वे अब अपने गाँव जाना चाहते हैं। बेटे ने कहा कि अब वहाँ क्या रखा है, आप यहीं क्यों नहीं रहते? उन्होंने कहा, 'बेटे, जब एक पौधा अन्य वातावरण में नहीं रह पाता तो सोच...'

बेटा चुप। तुरंत उसने माँ और पिताजी के इन्टरनेट से टिकट करा दिये। अब उसने यह भी कहना बंद कर दिया कि पिताजी गाँव का मकान बेच दो।

अब उसने गमले में दिल्ली में पाया जाने वाला पौधा लगा लिया है और वह बढ़ भी रहा है और हरा-भरा भी है।

हवेली

उन्होंने ऐसा सपना इसलिए देखा क्योंकि नौकरी के आरम्भ में वे एक बार ऐसी लॉबी देख आए थे। उन्हें आज भी याद है, नौकरी के लगभग एक वर्ष पश्चात् जब वे अपने बॉस के साथ किसी क्लाइंट के निमंत्रण पर एक पंचतारा होटल में लंच करने गये थे। जब वे सरकारी गाड़ी से होटल पहुँचे तो सबसे पहले एक लम्बे-तगड़े और बड़ी-बड़ी मूंछ वाले दरबान ने न केवल कार का दरवाजा खोला बल्कि एक करारा-सा सैल्यूट भी मारा था। उस दिन तो वे बिना लंच के ही अभिभूत हो गए थे। क्या शानदार लॉबी, क्या संगमरमर का फर्श, क्या सीढ़ियां और क्या सुंदर परिचारिकायें एक जैसी यूनीफॉर्म में। वे तो बस देखते ही रह गए और उसी दिन उन्होंने सपना देख लिया कि मकान बनवाऊँगा तो इससे मिलता-जुलता।

अब पंचतारा होटल जैसा मकान बनवाना इतना आसान तो है नहीं, वह भी उसके लिये जिसके पास इस शहर में अपना एक कमरे का फ्लैट भी न हो और वह स्वयं एक मध्यमवर्गीय परिवार से ताल्लुक रखता हो। इतना भव्य मकान बनवाने के लिये तो बहुत पैसा चाहिये। उन्होंने भी यही निष्कर्ष निकाला कि सपना पूरा करने के लिये चाहिये पैसा, पैसा और पैसा।

उन्होंने पैसा कमाने की ठान ली। कोई भी कार्य वे बिना पैसा लिये नहीं करते, चाहे सही हो या गलत। ऐसा लगता था कि पैसा कमाने की ललक उनके मन में ही नहीं, शरीर के अंग-अंग में प्रवेश कर गई थी। जब इतनी ललक हो तो पैसा तो आना ही था, काला या सफेद। वैसे भी उनको इस बात की रत्ती भर चिंता नहीं थी। वे यह भी जानते थे कि बिना काली कमाई के महल नहीं बनाए जा सकते, झोपड़े और छोटे-मोटे मकान ही बनाए जा सकते हैं।

जैसे-जैसे उनकी नौकरी और महंगाई बढ़ती गई, उनकी रिश्वत भी बढ़ती गई। वैसे उनका परिवार भी छोटा था - वह, उनकी पत्नी और एक बेटा। बेटे को उन्होंने एक बढ़िया स्कूल में भर्ती कराया, अच्छी कोचिंग दिलवाई, फिर

भी जब उसका दाखिला अच्छे कॉलेज में नहीं हुआ, तो डोनेशन देकर पढ़ाया। स्नातक की डिग्री दिलवाकर उसे विदेश भी भेजा जिससे वह स्नातकोत्तर की डिग्री हासिल कर सके। उनके बेटे ने उन्हें मायूस भी नहीं किया। उसे नौकरी भी वहीं मिल गयी। अब एक बार किसी को शराब का चस्का लग जाए तो फिर छूटता नहीं, कोई कुछ भी कहता रहे। इसी तरह, एक बार विदेश का चस्का लग जाए तो वह भी नहीं छूटता। विदेश में रहने के बाद, इस देश के लोगों को भी यह देश कूड़ाघर लगने लगता है और विदेश स्वर्ग। अब बड़े-बड़े देवता भी स्वर्ग नहीं छोड़ना चाहते थे तो मनुष्य तो मनुष्य ही हैं। बेटे ने वहाँ पढ़ाई और नौकरी क्या की, विवाह भी वहीं बसी कन्या से किया और कहता रहा कि कुछ दिनों में लौट आयेगा, परंतु स्वर्ग वह भी नहीं छोड़ना चाहता था।

उनका रिटायरमेंट पास आ रहा था, परंतु उनका सपना पूरा नहीं हुआ था जबकि उन्होंने काफी पैसा इकट्ठा कर रखा था। वैसे अभी तक उनकी नौकरी पर कोई आँच भी नहीं आई थी। बेटा भी कमा रहा था और उसका विवाह भी हो चुका था। उन्हें लगा, सपना पूरा करने का यह सही समय है जिससे रिटायरमेंट के बाद वे अपने ही मकान में रह सकें। अब रिटायरमेंट का केवल एक वर्ष शेष था, अतः उन्होंने अपना सपना पत्नी को भी बता दिया जिसे सुनकर वह भी प्रसन्न हो गयी।

उन्होंने एक बड़ा प्लॉट खरीदा और एक आर्किटेक्ट का भी चुनाव कर लिया। आर्किटेक्ट ने उनके और उनकी पत्नी के साथ दो-चार बार विचार-विमर्श किया और नक्शा बनाकर उन्हें दिखा दिया। नक्शा नगर निगम में जमा करा दिया गया, पर उनको अनुमोदित कराना भी टेढ़ी खीर थी। फिर उन्होंने आर्किटेक्ट का सहारा लिया और कुछ काट-छांट के साथ नक्शा पास हो गया। नक्शा पास होने पर उन्हें लग रहा था कि अब मकान बनवाने में कोई मुश्किल नहीं है, परंतु मुश्किलें तो अभी आरम्भ भी नहीं हुईं थीं। ठेकेदार के साथ ठेका करना, उससे सही सामग्री मंगवाना और प्रयोग में लाना, मजदूरों से ढंग का काम कराना, उनकी देखभाल करना और पता नहीं कितने छोटे-छोटे कार्यों ने उनका पसीना छुड़ा दिया। फिर भी जो पैसा उनके पास था, वह उनका पसीना सुखाने में सहायता कर रहा था। एक वर्ष में जो काम समाप्त होना था, वह डेढ़ वर्ष में समाप्त हुआ, वह भी जब वे छः माह साइट पर ही खड़े रहे। सरकारी मकान में छः माह और रहने की उन्हें बढ़ोत्तरी लेनी पड़ी।

मकान तो तैयार हो गया था, परंतु अभी तक उन्होंने उसका नामकरण नहीं किया था। काफी सोच-विचार कर उन्होंने उसका नाम रखा - हवेली। वैसे भी मकान किसी हवेली से कम नहीं था, हाँ महल अवश्य नहीं था। दोहरी ऊँचाई की लॉबी, संगमरमर के फर्श की शानदार बैठक, चार-चार शयन कक्ष, पूजा घर, रसोई घर, अतिथि कक्ष, नौकरों के लिये कमरे वगैरह-वगैरह। उन्होंने गृह प्रवेश में अपने मित्रों एवं रिश्तेदारों को बाकायदा निमंत्रण पत्र भेजा और बेटे-बहू से आने के लिये दूरभाष पर चर्चा कर ली आखिर यह उनकी जिंदगी का स्वर्णिम पल था।

सबसे पहले बेटे का फोन आया, 'पापा, हम लोगों को छुट्टियाँ नहीं मिल रही हैं, अतः हम नहीं आ सकते। हाँ, यदि गृह प्रवेश दिसम्बर में रखें तो क्रिसमस की छुट्टियों में आ सकते हैं। नहीं तो आप गृह प्रवेश कर लीजिये, इसमें कौन-सी बड़ी बात है।' इस बात पर उन्हें झटका लगा कि उनके ही बेटे के लिये, उनकी ज़िंदगी का सपना पूरा होना कोई बड़ी बात नहीं थी। उनको वैसे भी सरकारी मकान खाली करना था और निमंत्रण पत्र भेजे जा चुके थे, अतः अब उन्होंने तय कर लिया कि गृह प्रवेश बिना बेटे-बहू के ही कर लेंगे।

रिश्तेदार भी अधिक नहीं आए क्योंकि बहुतों को पता था कि वे कौन से उनके यहाँ आने वाले हैं? हाँ, उनके मित्र अवश्य आ गये। उन्होंने बड़े चाव से एक-एक को अपना सपनों का महल दिखाया। ऐसा लग रहा था, उन्होंने सबको बुलाया ही इसलिए था जिससे वे न केवल उन्हें अपना महल दिखा सकें बल्कि उन पर अपना रईसी का रौब भी जमा सकें।

रिश्तेदारों को मकान इसलिये अच्छा नहीं लग रहा था क्योंकि उनके पास ऐसा मकान नहीं था और उन्होंने अपनी नौकरी के कार्यकाल में उन्हें घास तक नहीं डाली थी। वे कह रहे थे कि मकान तो बहुत अच्छा है, परंतु आप लोग तो दो ही हैं और इतने बड़े मकान का क्या करेंगे, कहें तो अपने-अपने बच्चों को भेज दें। वे आपका ध्यान भी रखेंगे और यहीं पढ़ाई भी कर लेंगे। अब उन्होंने मकान अपने रिश्तेदारों के बच्चों के लिये तो नहीं बनवाया था, अतः बोले, 'भई, बच्चे तो माँ-बाप के साथ रहकर ही पड़ते हैं। आप उन्हें अपने घर के पास ही पढ़ाइये।' समझदार सभी थे, अतः उन्हें भी समझने में कठिनाई नहीं हुई, न इनको। दोनों के समझदार होने में यही तो फायदा है।

मित्रों और उनके पुराने कार्यालय वालों को उनका मकान और भी अच्छा नहीं लगा। साथियों का सोचना था कि उन्होंने दो नम्बर की कमाई से महल

बनवा लिया। यदि रिटायरमेंट के पहले बनवाता तो बताते। सीधे सी.बी.आई. या विजिलेंस की रेड करवा देते। अब शेखी बघार रहा है, जब नौकरी में आया था तो स्कूटर भी नहीं था और किराये पर एक कमरे के फ्लैट में रहता था। उन्होंने अपने वरिष्ठ अधिकारियों को बुलाया ही नहीं था और जो कनिष्ठ अधिकारी थे, वे आपस में बात कर रहे थे कि इसने तो इतनी लूट की है और हमें ईमानदारी का पाठ पढ़ाया करता था।

कहने का तात्पर्य यह है कि किसी को भी उनके द्वारा भव्य हवेली बनवाना पसंद नहीं आया था। वैसे सामने वे तारीफ कर रहे थे और कुछ अपने सुझाव भी दे रहे थे, जैसे–'यदि बैठक में ग्रेनाइट लगा होता या शयन कक्ष में टाइल की जगह लकड़ी का फर्श होता तो क्या कहने? वैसे यह भी बुरा नहीं है।'

पता नहीं, ऐसा क्यों कहते हैं कि जिस मकान को बड़े चाव से बनवाओ तो उसमें रहना कम ही नसीब होता है। शायद, ऐसे लोगों की ही नजर लग जाती होगी, इसलिये कुछ लोग नए घर में नजरबट्टू लटका देते हैं। उन्होंने भी नजरबट्टू तो लटकाया, परंतु वे इस अंधविश्वास को गलत साबित करना चाहते थे और बड़े ठाट-बाट से हवेली में रहने लगे थे, परंतु दो-चार दिन में ही समझ में आ गया कि बिना नौकरों की फौज के इतने बड़े मकान का रख-रखाव सम्भव नहीं है। नौकरों की फौज अब रख नहीं सकते थे क्योंकि आय के स्रोत समाप्त हो गये थे, पेंशन के सिवा। अतः कुछ कमरों को बंद कर दिया गया और एक सस्ता नौकर रख लिया गया।

नौकर ने उनकी सेवा आरम्भ कर दी और वे भी उससे खुश थे। अब न तो वे दफ्तर जाते थे, न उनके यहाँ कोई आता था क्योंकि शहरों में इतनी फुर्सत तो कम ही लोगों को होती है कि वे आस-पड़ोस में जाकर अपना समय बरबाद कर सकें, फिर बूढ़े लोगों के यहाँ तो कतई नहीं। उनका मन करता कि कोई उनकी बड़ाई करे और कोई तो हो जिसके सामने वे अपनी शेखी बघार सकें। जब कोई नहीं मिला तो वे अपने नौकर को ही सामने बिठाकर अपनी नौकरी के किस्से सुनाते रहते और यह भी बताते रहते कि कैसे उन्होंने हवेली बनवाई और कितना इस पर कितना खर्च किया। सब कुछ बढ़ा-चढ़ाकर बताते जिससे उस पर रौब बना रहे। नौकर को भी क्या, उसे तो नौकरी करनी थी, चाहे बातें सुनवा लो या काम करवा लो। बातें सुनने का काम तो आराम का था ही।

जब आसपास के नौकर मिल जाते तो अपने मालिकों की चर्चा करते। ऐसे मौके उन्हें मिलते ही रहते जब वे सब्जी लाने जाते, दूध लेने जाते अथवा वैसे

आस-पड़ोस की लघु कहानियाँ

भी कभी-कभार। जब अन्य नौकरों को पता चला कि वे इतने पैसे वाले हैं तो उन्होंने उनके नौकर को लालच दिया कि क्यों न उनके माल पर हाथ साफ कर दिया जाये?

तीन नौकरों ने उनके यहाँ चोरी की योजना बना डाली और एक दिन उसका क्रियान्वयन भी कर दिया, परंतु जैसे ही नौकरों ने अलमारी का ताला खोला, वे जाग गये। जब उन्होंने देखा कि उनका नौकर अन्य लड़कों के साथ चोरी कर रहा है, तो उन्होंने शोर मचाया। शोर सुनकर उनकी पत्नी भी वहाँ आ गई। उनका शोर हवेली के बाहर जा नहीं सका क्योंकि इतने बड़े मकान से दूर आवाज जाना सम्भव नहीं था।

दूसरे दिन लोगों ने अखबार में पढ़ा कि एक रिटायर्ड अधिकारी एवं उनकी पत्नी की हत्या हो गई है। पुलिस को उनके नौकर पर शक है। पुलिस उनके नौकर की तलाश कर रही है जिसका सत्यापन उन्होंने नहीं करवाया था। हत्या की खबर सुनकर उनके बहू-बेटे विदेश से आये। क्रियाकर्म के पश्चात् वे हवेली को बेचकर वापस विदेश चले गये क्योंकि अभी यहाँ रहने का उनका कोई विचार नहीं था।

पता नहीं, ऐसा अंधविश्वास क्यों है कि जिस मकान को बड़े चाव से बनवाओ उसमें रहना कम ही नसीब होता है।

दोहरे मापदंड

'पता नहीं, लोग अपने आपको क्या समझते हैं?' वह झल्लाते हुए बड़बड़ा रहा था।

मैंने पूछा, 'क्या हुआ?'

'देखो, मैं बैंक रुपये निकालने गया था पर एक घंटा लग गया। बैंक का कैशियर सिफारिशियों के चैक अंदर से ले लेकर पैसे दे रहा था, उसे किसी की परवाह ही नहीं कि लोग लाइन में लगे हैं। मेरा वश चलता तो वहीं सिफारिशी लोगों की धुनाई करता। अच्छा है, हर सरकारी विभाग का निजीकरण हो जाए।'

जैसे-तैसे मैंने उसे शांत कराया। मैंने उससे कहा, 'चलो, तुम्हारा काम तो हो गया। ऐसा तो हर जगह होता है।'

'नहीं, तुम क्या कहते हो? यह सब बिलकुल गलत है। तुम यह कहकर, गलत को सही नहीं बता सकते।'

मैंने उससे उलझना सही नहीं समझा और चुपचाप अपनी सीट पर आ गया।

दूसरे दिन उसने मुझे कहा कि जरा संभाल लेना, मैं डॉक्टर के पास होकर आता हूँ।

वह आधे घंटे में ही वापस आ गया। जब मैंने पूछा, 'क्या प्राइवेट डॉक्टर के यहाँ गया था?'

वह बोला, 'नहीं, सरकारी अस्पताल में गया था, बड़ी भीड़ थी लेकिन डाक्टर मेरा दोस्त है।'

मैंने उससे कहा, 'अच्छा हुआ कि कल सरकारी अस्पताल का निजीकरण नहीं हुआ।'

वह कुछ कहने ही वाला था कि चुप हो गया।

* * *

बाप के बाप

एक अधिकारी ने अपनी कमाई से महल जैसा मकान बनवाया। सोचा कि रिटायरमेंट के बाद आराम से रहेंगे। अब बचा ही कितना समय रिटायरमेंट में, कुल छ: माह।

पिछले हफ्ते ही तो उन्होंने मकान में पूजा करवाकर एक नौकर मकान की देखभाल और साफ-सफाई के लिये छोड़ा था।

आज वे राजा के साथ दौरे पर थे। राजा को वे अपना करीबी मानते थे। वैसे भी वे जहाँ चाहते थे, उनकी तैनाती वहीं हो जाती थी। विभाग वाले उन्हें कमाई का बाप कह कर बुलाते थे।

जब वे दौरे से लौट रहे थे तो उन्होंने राजाजी से प्रार्थना की, 'सर, मेरे गरीबखाने में एक कप चाय पीकर मुझे कृतार्थ करें।' उन्होंने अपना गरीबखाना दूर से उन्हें दिखाया भी। गरीबखाने को देखकर राजा ने उन्हें कृतार्थ करने का प्रस्ताव स्वीकार कर लिया।

वे गरीबखाने में पहुँचे तो अधिकारी महोदय ने तुरंत चाय का इंतजाम करवा दिया।

चाय पीते–पीते राजा ने उनसे पूछा, 'इस मकान पर आपका कितना खर्च आया?'

वे सकपका गये। वास्तविक खर्च तो बता नहीं सकते थे, इसलिये बोले, 'सर, यही करीब बीस लाख। कर्ज लेकर बनवाया है।'

राजाजी उनके बाप थे, वैसे ही तो शासन नहीं कर रहे थे, बोले, 'यह लो पच्चीस लाख का चेक और कर्ज चुकता कर कोई और मकान बनवा लो, अब यह मकान मेरा।'

✳ ✳ ✳

लकड़बघ्घों की राजनीति

जंगल में शेर का राज था। उसने अपने नियम बनाए और जो कोई नियम तोड़ता, वह उसको सजा देता। शेर के डर से कोई उफ तक नहीं करता।

लकड़बघ्घों ने एक सभा की और शेर को लालच दिया कि यदि वह उनको रात में एक घंटे की छूट देंगे, तो वे प्रतिदिन एक बकरी उनकी सेवा में हाजिर करेंगे।

शेर उनकी मंशा समझ गया कि ये मेरे नाम पर उत्पात मचाना चाहते हैं। मुझे एक बकरी का लालच देकर जंगल में जंगलराज कायम करना चाहते हैं। उसने उन्हें भगा दिया।

जब लकड़बघ्घों की दाल न गली तो उन्होंने शेर के विरुद्ध माहौल तैयार किया। रोज जाकर एक बकरी का शिकार कर देते और नोच-खसोट कर शेर के महल के सामने फेंक देते। महल के दरबान को उन्होंने अपने साथ मिला लिया था जिससे शेर अथवा किसी मंत्री के आने के पहले ही, अन्य जानवरों के साथ आकर बकरी की लाश वहाँ से उठा ले जाते और जनता में शेर के विरुद्ध प्रचार करते।

एक वर्ष बाद जब चुनाव हुए तो लकड़बघ्घों ने प्रचार कर दिया कि न तो शेर शक्तिहीनों की सुरक्षा कर सकता है और न किसी और को राजा देखना चाहता है। हमारी तो इच्छा है कि इस बार बकरी को ही राजपाट सौंप दिया जाये।

जनता ने लकड़बघ्घों की बात मानकर बकरी को जिताकर उसे राजपाट दिला दिया।

लकड़बघ्घों ने बकरी को सुरक्षा के नाम पर घेर लिया। अब वे बकरी को अन्य बकरियों से मिलने भी न देते। यदि बकरी जिद करती तो पढ़ाई हुई बकरियों को ही सामने कर देते जो उन्हीं के लिये काम करती थीं।

अब लकड़बघ्घे रोज दस बकरियों को नोचकर खा जाते हैं। मजे की बात यह है कि उनके पास बकरियां लाने वाली भी बकरियाँ हैं और शासन भी बकरी का है।

देखी लकड़बघ्घों की राजनीति।

* * *

असमंजस

नरक की जनसंख्या बेलगाम होकर बढ़ती ही जा रही थी जैसी नरक की न होकर भारत की जनसंख्या हो। जितने भी मकान बने थे, उनमें क्षमता से पाँच गुना ज्यादा लोगों को ठूँस रखा था, फिर भी समस्या है कि सुरसा की तरह मुँह बाए खड़ी थी। तभी पृथ्वी से नरक में एक जत्था आ गया। उन्हें मकानों में रखने की जगह ही नहीं थी तो उन्हें खुले में ही ठहरा दिया गया। समस्या तब खड़ी हो गई जब अचानक बारिश आ गई। इस समस्या का नरक के रखवालों के पास कोई उपाय न था क्योंकि बारिश से बाढ़ की स्थिति पैदा हो गई थी। लोगों ने नारे लगाने शुरू कर दिये तो उनमें से एक नेताजी पैदा हो गए और उन्होंने सलाह दी कि नरक और स्वर्ग की सीमा पर स्वर्ग की ओर बने खाली मकानों पर कब्जा कर लो।

ऐसा ही हुआ।

रिपोर्ट धर्मराज के पास पहुँची पर उनके पास उनको देने के लिये मकान ही नहीं थे, अत: उन्होंने इस समस्या को लम्बित रख दिया। जब रखवालों को कोई निर्णय नहीं मिला तो वे वापस चले गये।

कुछ ही दिनों में फिर एक जत्था नरक में था। अब बिना बाढ़ के वे स्वर्ग के मकानों में घुस गये।

नरक के रखवालों से इस बार भी धर्मराज ने कोई बात न की, बेचारे ऐसे ही वापस चले गये।

अगली बार पिछले जत्थे से भी बड़ा जत्था नरक में था और इस बार सीमा पर खाली मकान भी नहीं थे। नेताजी ने इसका भी हल दे दिया, स्वर्ग में ही झुग्गियाँ डाल लो।

दो वर्ष में ही स्वर्ग के आधे से अधिक हिस्से में झुग्गियाँ ही झुग्गियाँ दिखाई देने लगीं और कानून व्यवस्था की समस्या भी उत्पन्न हो गयी।

धर्मराज जी ने मीटिंग बुलाई कि झुग्गियाँ तोड़ दी जाएं आखिर हैं तो गैरकानूनी। पर नेताजी राजी नहीं हुए, पहले झुग्गी वालों के लिए मकान बनाए जाएं तभी उन्हें हटाया जाये।

पाँच वर्ष में स्वर्ग की हालत खराब हो गई, स्वर्ग की कोठियों के बीच झुग्गियाँ ही झुग्गियाँ। चोरी, छीनाझपटी और मार-पिटाई आम बात हो गयी, आखिर नरक में जाने वाले थे तो एक से एक धुरंधर। ऊपर से स्वर्ग की आधी जमीन झुग्गियों से भर गयी। अब स्वर्ग वाले धर्मराज के पास अपनी समस्या लेकर गये।

धर्मराज के पास समस्या का हल ही नहीं था, अत: आश्वासन के अलावा उन्हें कुछ न मिला। कुछ और चारा न देख उन्होंने न्यायालय में मुकदमा दायर कर दिया।

धर्मराज ने स्वर्ग की आधी जमीन नरक वालों को आवंटित करने का प्रस्ताव भगवान के समक्ष भेज दिया। अब भगवान असमंजस में हैं कि यदि स्वर्ग की आधी जमीन नरक को आवंटित कर दी तो दस वर्ष बाद ऐसा न हो कि उन्हें अपने देवताओं सहित स्वर्ग छोड़कर कहीं और डेरा जमाना पड़े।

सलाहकार

आजकल सलाहकार हर क्षेत्र में पाए जाते हैं और अलग-अलग स्तर के होते हैं। वे जमाने लद गए जब हर कार्य बिना सलाहकार के पूर्ण कर लिया जाता था। शायद उस समय सलाहकार नहीं थे अथवा मुफ्त सलाह देने वाले थे।

अब खेल सीखना चाहते हो तो किसी और के पास जाओ। हाँ, यदि खेल अच्छा जानते हो तो सलाहकार बहुत जरूरी है।

ऐसा ही हर क्षेत्र में है चाहे तकनीकी क्षेत्र हो, वित्तीय अथवा प्रशासकीय।

सलाहकार हर स्तर के होते हैं, जिला स्तर से लेकर राष्ट्रीय एवं अंतर्राष्ट्रीय स्तर के। अभी इनकी बहुत सम्भावनाएँ हैं। वह दिन दूर नहीं जब सलाहकार फैमिली डॉक्टर की तरह फैमिली सलाहकार भी होंगे। इसके अतिरिक्त सलाहकार ग्रामीण, तहसील और खंड स्तर के भी होंगे।

वैसे अभी इस देश में कुछ सलाहकार ऐसे भी हैं जो मुफ्त सलाह दे देते हैं। वैसे मुफ्त में मिली सलाह इस देश में कोई सलाह थोड़ी न होती है। विदेशियों ने तो अपना एक नियम बना रखा है कि भारतीयों से मुफ्त सलाह लो और पैसे लेकर इन्हें ही वापस कर दो। आपने सुना ही होगा कि कई विदेशियों ने हमसे ही ज्ञान लेकर विदेशों में पेटेंट करा लिया है।

आज तक मुझे सलाहकार की सही परिभाषा नहीं मिली थी जो उन पर सही उतरती हो, कुछ अपवादों को छोड़कर। जो भी परिभाषाएं मिली, वे सब सलाहकारों द्वारा लिखी हुई थीं। पर मेरा भाग्य कि मुझे कल अचानक सही परिभाषा मिल गई।

हुआ यह कि कल मैं क्लब चला गया जहाँ मेरे दो दोस्त कैरम खेल रहे थे, दोनों कैरम में उस्ताद, मुझसे कई गुना अच्छा खेलने वाले।

कुछ लोग वहीं बैठे खेल का आनंद ले रहे थे तो मैं भी वहीं से कुर्सी खींचकर बैठ गया। बैठते ही मैंने एक मित्र से कहा कि गोटी को इस

ऐंगल से मारो तो जरूर जाएगी। वैसे गोटी ले जाना बहुत मुश्किल था। मेरी बात सुनकर मेरा दोस्त खड़ा हो गया और स्ट्राइकर देकर मुझसे बोला, 'ले, लेकर दिखा।'

मैं इसके लिये तैयार न था और न मुझसे वह गोटी जानी थी, अत: मैंने कहा, 'मेरा काम गोटी ले जाना नहीं है। तू मार, मार न, जैसे में बता रहा हूँ, गोटी अवश्य जाएगी।'

इस पर वह बोला, 'अच्छा, तुम सलाहकार हो।'

अब देखिये, मुझे बैठे-बिठाए सलाहकार की परिभाषा मिल गयी थी।

✳ ✳ ✳

ग्लानि

ट्रेन में उसकी सीट आरक्षित हो गई थी, वह भी नीचे वाली। कल तक तो वह प्रतीक्षा सूची में ही थी। उसी डिब्बे में उसके ऊपर वालीं दोनों सीटें एक बुजुर्ग दंपती को मिली थीं जिनकी उम्र साठ से ऊपर होगी।

ट्रेन चलते ही उसने सोने की इच्छा जाहिर की। अभी केवल नौ बजे का समय था। उन बुजुर्ग ने उससे प्रार्थना की कि क्या वे ऊपर वाली सीट ले लेंगे, तो वे दोनों कुछ देर बैठे भी रहेंगे और उन्हें नीचे की सीट पर सुविधा रहेगी क्योंकि उन्हें ऊपर चढ़ने में कठिनाई होती है।

वह राजी नहीं हुआ और बोला, 'ऊपर की सीट आरामदायक नहीं होती इसलिये मुझे वहाँ नींद नहीं आती।'

बुजुर्ग दंपती जैसे-तैसे ऊपर चढ़ गये। वह नीचे की सीट पर ही लेटा रहा। पता नहीं क्यों, आज उसे रात भर नींद नहीं आई।

दो दिन बाद उसी ट्रेन से वह वापस आ रहा था। इस बार उसका टिकट फिर प्रतीक्षा सूची में था, परंतु इस बार उसे आरक्षण नहीं मिला।

वह उसी टिकट से डिब्बे में घुस गया। एक जगह उसने अपना सामान रखा ही था कि देखा वही दंपती नीचे की दोनों सीटों पर यात्रा कर रहे हैं। उनके पास आरक्षण था और इस बार उनकी नीचे की सीटें थीं। समय भी लगभग नौ बजे का था। उसने बुजुर्ग दंपती से बैठने के लिये प्रार्थना की और उन्होंने उसे बैठने दिया। उसका कहना था कि वह गाड़ी के टिकट निरीक्षक से कहकर अपना आरक्षण करवा लेगा।

टिकट निरीक्षक आया, परंतु जगह उपलब्ध न होने के कारण उसे आरक्षण नहीं मिला। दस बजे तक वह उनकी सीट पर बैठा रहा, फिर दो घंटे यहाँ से वहाँ घूमता रहा। उन बुजुर्ग सज्जन ने उससे कहा भी कि वह चाहे तो सीट

के एक ओर बैठ सकता है, परंतु वह बैठा नहीं। एकाएक उसने कुछ सोचा और वहीं दोनों सीटों के बीच की जगह में चद्दर बिछाकर सो गया।

आज उसे इतनी जबरदस्त नींद आई कि इसके पहले ट्रेन में शायद ही कभी आई हो। शायद इसका कारण था – बुजुर्ग दंपती के पैरों के नीचे सोने का प्रताप या ग्लानि मिटाने का मिला अवसर।

✳ ✳ ✳

कीमत

वे एक कार्यक्रम देखने गये। उच्च अधिकारी थे, अत: अति विशिष्ट श्रेणी का पास भी ले लिया। आयोजकों ने उन्हें पहली कतार में दसवें नम्बर पर बैठाया।

उन्होंने देखा कि पहली नौ सीटों पर अन्य लोग बैठे हैं। उन्हें लगा कि वह अति विशिष्ट व्यक्ति हैं ही नहीं और आयोजकों ने उन्हें दसवें नम्बर पर बैठाकर उनका अपमान किया है। क्या वे इतने गए गुजरे हैं कि उन्हें दसवें नम्बर पर धकेल दिया। चलो देखते हैं, आयोजकों को कोई काम उनसे तो पड़ेगा ही।

थोड़ी देर में आयोजन स्थल खचाखच भर गया। कोई भी सीट खाली नहीं थी। आगे की पहली दो कतारें अति विशिष्ट व्यक्तियों के लिये और बाकी अन्य दर्शकों के लिये।

कार्यक्रम आरम्भ हुआ। सभी दर्शक कार्यक्रम का भरपूर आनंद ले रहे थे जबकि उनकी नज़रें कभी स्टेज पर जातीं तो कभी पहली नौ सीटों पर। उन्हें कार्यक्रम अच्छा ही नहीं लग रहा था क्योंकि वास्तव में वे उसे देख ही नहीं रहे थे, अथवा कहें कि आधा-अधूरा देख रहे थे। आधा समय तो वे नौ सीटें ही देखते रहे थे। शायद यही स्थिति अन्य अति विशिष्ट व्यक्तियों की थी, पहली सीट पर बैठे महानुभाव को छोड़कर। पहली सीट पर बैठे महानुभाव इसलिए लुत्फ़ न उठा सके क्योंकि वे यही देखते रहे कि कोई उन्हें देख रहा है या नहीं। जब उन्हें लगा कि अब उनको कोई नहीं देख रहा है तो वे कार्यक्रम के बीच में ही चल दिये।

जो आम दर्शक थे, वे भरपूर लुत्फ़ उठा रहे थे। परंतु वे न तो कार्यक्रम का लुत्फ़ उठा पा रहे थे और न ही अति विशिष्ट व्यक्ति होने का। पता नहीं, उन्हें क्या सूझी, वे उठकर पीछे चल दिये और आम दर्शकों में खड़े हो गये। वहाँ खड़े होते ही, उन्हें कार्यक्रम बहुत अच्छा लगने लगा।

कार्यक्रम का भरपूर आनंद लेकर वे पीछे से ही चले गये।

उन्हें समझ में आ गया कि कुर्सी अति विशिष्ट व्यक्ति बनाती है तो कीमत भी वसूल करती है।

* * *

फाँस

बेटा शहर पढ़ने जा रहा था। पिता ने हिसाब लगाया यदि बेटा दीवाली में घर आयेगा तो चार महीने बचे हैं अभी। एक महीने के लिये एक किलो घी तो चार महीने के लिये चार किलो। पिता ने पाँच किलो घी खरीदकर बेटे को दिया।

बेटे ने कहा, 'पिताजी, चार किलो ही काफी है, एक किलो अधिक क्यों देते हो?' परंतु पिता नहीं माना, 'बेटे, एक किलो और ले जा, कमी मत करना, खूब खाना, पढ़ाई करना और अपनी सेहत का ध्यान रखना।'

पिता अपनी हैसियत से अधिक खर्च कर रहा था।

पिता की तपस्या और बेटे की मेहनत रंग लाई। बेटा अधिकारी बन गया।

एक दिन उसके पिताजी का देहांत हो गया। बेटा क्रियाकर्म करने घर आया।

दुःखी मन से सभी लोग श्मशान घाट पहुँचे। ब्राह्मण ने क्रियाकर्म करने के लिये पाँच किलो घी मंगाया। उसने बताया कि वैसे तो चार किलो घी काफी होता है, परंतु आजकल सूखी लकड़ी नहीं मिलती इसलिये पाँच किलो घी लग जाता है।

बेटा घी लेने वहीं दुकान पर पहुँचा। घी का भाव दो सौ अस्सी रुपये किलो था। भाव सुनकर उसने चार किलो घी ही खरीदा। आखिर चार किलो में तो क्रियाकर्म हो ही जाता है, ऐसा उसने सोचा।

बेटे ने चिता में अग्नि दी, परंतु लकड़ियां गीली होने के कारण चिता देरी से जल रही थी। अब उसे लगा कि वास्तव में एक किलो घी कम रह गया था।

तभी उसे पुरानी घटना याद आ गयी। उसे लगा कि उसके गले में कुछ फँस गया है।

उसने घी खाना उसी दिन से छोड़ दिया।

आज वह बूढ़ा हो गया है, परंतु उसे ऐसा लगता ही रहता है कि उसके गले में एक किलो घी फँसा हुआ है।

* * *

सिद्धपीठ

आज नए मंदिर में मूर्तियों की स्थापना होनी थी। एक विद्वान और महान संत ठीक दस बजे पधारने वाले थे। दस बजे से कार्यक्रम शंख, घड़ियाल और मंत्रोच्चार के साथ आरम्भ होना था।

सभी तैयारियां पूर्ण हो चुकीं थीं, मंदिर की सफाई से लेकर रंगरोगन तक। फिर भी पुजारी जी के चेहरे पर प्रसन्नता के लक्षण दिखाई नहीं दे रहे थे। उनके चेहरे पर बेचैनी थी और उन्हें लग रहा था कि कुछ कमी रह गई है, परंतु दिखाई नहीं दे रही थी।

लगभग साढ़े नौ बजे थे और वे मंदिर के बाहर खड़े थे। उन्होंने देखा – एक मजदूर सीढ़ियां चढ़ रहा था। दूर से ही वे चिल्लाए, 'अरे, कोई उसे रोको।' परंतु तब तक वह आधी से अधिक सीढ़ियां चढ़ चुका था।

आते ही वे उस पर चिल्लाए, 'अरे राम, सब अशुद्ध कर दिया।'

उसको डाँट कर भगाया और पानी मंगाकर सीढ़ियां धुलवायीं। वे धुलाई के समय मंत्रोच्चार भी करते रहे। दस बजने में पाँच मिनट पहले ही उन्होंने सब कुछ ठीक करवा लिया। अब उन्हें लग रहा था कि इसी कारण उनमें बेचैनी थी। परंतु अभी भी उनकी बेचैनी गई नहीं थी।

वे महान संत पुरुष का अभिनंदन करने बाहर खड़े ही हुए थे कि एक पुजारी भागा-भागा आया और उनसे बोला कि मंदिर के शिखर का झंडा लगवाना रह गया है।

'हे भगवान!' बस यही कहकर वे वहीं बैठ गये।

अचानक वे रुआंसे होकर चिल्लाये, 'अरे, कोई तो झंडा लगाओ।'

कोई आगे न आया। पचास साठ फुट ऊँचा मंदिर, ऊपर से दस-बारह फुट ऊँचा झंडा। कौन अपनी जान जोखिम में डालता। चढ़ने के लिये सीढ़ी भी नहीं।

कोई पुजारी गया और उसी मजदूर को बुला लाया जिसकी वजह से पुजारी जी को मंदिर की सीढ़ियां धुलवानी पड़ी थीं। उसने बड़े पुजारी के कान

में धीरे से कुछ कहा। अब समय नहीं था, अत: पुजारी जी ने संकेत से कहा कि शीघ्रता से कार्रवाई करो, नहीं तो स्थापना शुभ समय में नहीं हो पायेगी।

छोटे पुजारी जी ने उस मजदूर को झंडा थमाया और धीरे से कुछ समझाया। उसने झंडा हाथ में पकड़ा और उन्हीं सीढ़ियों से भागता हुआ, मंदिर पर चढ़ गया और तीन मिनट भी नहीं हुए कि उसने झंडा मंदिर के कलश के साथ बाँध दिया। जितनी शीघ्रता से वह चढ़ा था उतनी ही शीघ्रता से उतरने लगा और ठीक दस बजे जहाँ उसने मंदिर से उतरकर फर्श पर पाँव रखा वहाँ महान संत ने सीढ़ियों पर, उन्ही सीढ़ियों पर जिस पर अभी-अभी मजदूर भाग कर गया था। इस बार न तो सीढ़ियों की धुलाई हुई थी, न मंदिर की, जहाँ से चढ़कर वह बड़ी फुर्ती से झंडा लगाकर आया था।

बड़े भव्य तरीके से मंत्रोच्चारों के साथ स्थापना सम्पन्न हो गई।

आज वही मंदिर एक सिद्धपीठ कहा जाता है।

आस-पड़ोस की लघु कहानियाँ

ठगी

बंदर ने एक रोटी उधार देने की सोची क्योंकि उसके पास आज एक रोटी बच गई थी। उसने दो बिल्लियों को बुलाया और बताया कि वह उनको एक रोटी देगा किंतु उधार। समय आने पर उन्हें रोटी लौटानी पड़ेगी, वह भी ब्याज सहित।

बिल्लियों ने सोचा, 'चलो आज तो रोटी ले ही लेते हैं, आगे की आगे देखेंगे।'

बंदर ने रोटी के टुकड़े करने आरम्भ किये। बड़ी बिल्ली का कहना था कि उसे बड़ा टुकड़ा चाहिये क्योंकि उसकी आवश्यकता अधिक है, जबकि छोटी बिल्ली का कहना था कि हिस्सा तो बराबर का होना चाहिये।

बंदर ने दोनों को अलग-अलग बुलाकर बात की और अपनी शर्तें बतायीं। दोनों बिल्लियों ने अपने क्षणिक फायदे के लिये शर्तें मान लीं।

शर्तें थी कि रोटी का एक छोटा टुकड़ा हमारे सलाहकार को देना पड़ेगा, एक छोटा टुकड़ा हमारे आने-जाने, खाने और रहने का खर्चा, एक छोटा टुकड़ा प्रशिक्षण का खर्चा और एक छोटा टुकड़ा पुस्तकालय, बीमा आदि के लिये देना पड़ेगा।

अब बंदर ने दोनों बिल्लियों को साथ-साथ बुलाया और अपना निर्णय दिया कि दोनों बिल्लियों को बराबर हिस्सा मिलेगा। बंदर ने बड़ी बिल्ली के अनुरूप रोटी बांटने से मना कर दिया।

बंदर ने अपने हिस्से के टुकड़े अपने पास रखकर बचे टुकड़े बिल्लियों को दे दिये। बिल्लियों ने देखा कि उन्हें रोटी का केवल चौथाई हिस्सा ही मिला था।

अगले वर्ष से बिल्लियों को चौथाई रोटी बंदर को वापस करनी है, वह भी पूरे चार वर्ष तक। बंदर चौथाई रोटी देकर चार वर्ष मौज करने वाला है।

बिल्लियाँ एक बार फिर ठगी गयीं।

* * *

शांति

सुना है पहले एक परिवार में आठ-दस बच्चे होना आम बात थी, किसी-किसी के यहाँ तो एक दर्जन से अधिक बच्चे होते थे। यह तो पता नहीं कि कैसे उनका गुजारा चलता था, परंतु अब तो चार-पाँच बच्चे भी हों तो खर्च चलना मुश्किल हो जाता है।

मेरे परिवार में तो हम तीन बच्चे थे और मेरे माँ-बापू। कुल पाँच लोगों का परिवार, परंतु अब महंगाई इतनी बढ़ गयी है कि पाँच लोगों के परिवार का भरण-पोषण करना भी कठिन हो गया था। घर में खेती का काम होता था। खेती क्या, बस इतनी कि यदि इंद्र देवता की कृपा हुई तो साल के खाने-पीने का शायद इंतजाम हो जाये अन्यथा सब कुछ भगवान भरोसे और अधिक हुआ तो गाँव के साहूकार के भरोसे।

सबसे पहले जरूरत होती है, पेट भरने की, पूरा भर जाए तो क्या कहना, नहीं तो आधा सही। वैसे भी, माँ-बाप अपना पेट तो पूरा भरते ही नहीं, अपने बच्चों के लिये खाना छोड़ देते हैं। यही हाल मेरे घर का था, बापू आधा खाकर उठ जाता तो माँ आधा भी नहीं खाती, जो बचता उसी में गुजारा कर लेती। फिर आधा बचता भी कहाँ था? मैंने कभी नहीं देखा कि माँ बापू के पहले खाना खाती हो और बापू बच्चों के पहले। सब कुछ तय था, बिना किसी लिखा-पढ़ी के।

हाँ लिखा-पढ़ी से याद आया। लिखना-पढ़ना तो बहुत बाद में आता है। इस समाज में नंगा तो नहीं रहा जा सकता, परंतु अधनंगे शरीर तो सच्चाई हैं ही। बापू हो या अन्य कोई मर्द, न उसे बनियान की आवश्यकता, न पायजामा की। नेकर पहन कर घर में क्या बाहर भी गाँव में घूमते रहते हैं। हाँ, औरतों और लड़कियों को तो बदन ढंकने के कपड़े चाहिये ही, खास तौर पर यदि वे बूढ़ी नहीं हैं अन्यथा बूढ़ी औरतों के कपड़ों से भी खर्च कम किया जाता है। यह सब इसलिये नहीं होता कि कोई कपड़े पहनना नहीं चाहता, अपितु

आस-पड़ोस की लघु कहानियाँ

मजबूरी के कारण होता है, पैसा नहीं तो क्या करें? हमारा भी यही हाल था, मुझे साल में एक पायजामा और दो नेकर मिल जाएं तो क्या कहने, नहीं तो जो है उससे काम चलाना ही पड़ेगा। बापू का हाल इससे भी खराब था। वह एक धोती खरीद लेता और वही सुखा कर पहन लेता, जब तक धोती सूख न जाती, वह नेकर ही पहने रहता। कभी-कभी तो घर में नेकर ही पहने रहता और धोती तभी पहनता, जब घर से बाहर जाना होता। बहनों को दो सलवार-कमीज सिलवा दी जातीं और माँ तो पुरानी साड़ियों से ही काम चला लेती। अब इस हालत में पढ़ाई-लिखाई के बारे में कौन सोचेगा?

यदि पेट भरने और पहनने के बाद कुछ बचे तो उसे पढ़ाई-लिखाई पर तब खर्च करें यदि कोई बीमार न हो। जब खाना-पीना नसीब न होगा तो बीमारी भी शरीर में घर करेगी ही करेगी। आधा खाना खा-खाकर मर्द चालीस की उम्र में पचास के और औरतें साठ की नजर आने लगती हैं। आजकल कुछ शहरी कहते हैं कि हमारे देश के लोग पचास की उम्र में सत्तर के लगते हैं और विदेश के सत्तर की उम्र में पचास के। अब उनका भी क्या दोष, उन्होंने भारत देखा कहाँ है, वे तो केवल उनसे ही मिले हैं जो इंडिया को पहचानते हैं। उन सबके बारे में वे क्या जानेंगे, जिनके लिये गाँव ही भारत है और पूरी ज़िंदगी वे गाँव से बीस मील दूर भी नहीं गये। ऐसे लोग बीमारी में दादी माँ के नुस्खे ही आज़माते हैं, डॉक्टर की फीस देना उनके बस की बात नहीं। जब डॉक्टर को फीस नहीं मिलेगी तो वह गाँव में क्या घास खाएगा? अत: गाँव में डॉक्टर के नाम पर झोला छाप डॉक्टर ही मिलते हैं जिनकी फीस देना भी गाँव वालों के बस की बात नहीं। मेरे घर का भी यही हाल था, यदि बुखार आया तो माँ ने नीम का काढ़ा पिलाया और रजाई उढ़ा कर सुला दिया। फिर भी नींद न आई तो हाथ-पैर दबा दिए, तेल-वेल लगा दिया। सभी बीमारियों का इलाज ऐसे ही आरम्भ होता। कभी-कभार जब बुखार ठीक न होता और लम्बा खिंच जाता तो वैद्य या डॉक्टर से दवाई ले आते। वैसे अधिकांश गाँव वालों का यही हाल था और यदि फिर भी बुखार न उतरा तो वे भगवान को प्यारे हो जाते। सरकार कहती है कि गाँव में मरने वाले बच्चों और औरतों की मृत्यु दर अधिक है और इसे रोकने के लिये विज्ञापन पर खर्च करती है। अरे जब खाना नहीं मिलेगा, ठंड रोकने के लिए कपड़े नहीं मिलेंगे, दवा नहीं मिलेगी तो विज्ञापन से मृत्यु दर कैसे रुकेगी?

ऐसे हालात में नए कपड़ों की सोचना बेमानी है, परंतु एक समय होता है कि नए नहीं तो नए जैसे कपड़ों की जरूरत पड़ती ही है, वह है विवाह। सम्बंधियों के यहाँ विवाह है तो अच्छे कपड़े चाहिए। विवाह में सभी सम्बंधी मिलते हैं और उनकी हैसियत भी औरतों और बच्चों के कपड़ों और जेवर से पहचानी जाती है। यदि यहाँ चूक गए तो बच्चों का विवाह करना कठिन हो जाता है। अतः विवाह के समय कपड़ों पर खर्च करना ही पड़ता है। मेरी माँ अपने जेवर, जो भी थे, ऐसे मौकों के लिए रखे थी और एक-दो साड़ियां कई वर्षों से सहेज कर रखे थी। एक बार तो उसने बताया था कि उसमें से एक साड़ी उसके विवाह में चढ़ाई गई थी। बीस साल से मेरी माँ साड़ी सहेज कर रखे ही नहीं थी, उसे सम्बंधियों के विवाह समारोहों में पहनती भी थी। यही हालत कमोवेश गाँव के कई परिवारों की थी। हमें भी किसी के विवाह का इंतजार होता कि नए कपड़े मिलेंगे और खाने-पीने में पूड़ी-लड्डू। हमें क्या पता कि बापू इन सबका कैसे इंतजाम करता है?

यदि लड़की पैदा हो गई तो उसका विवाह तो करना ही पड़ेगा। अब जब घर का खर्च ही नहीं चलता तो कौन चाहेगा कि लड़की पैदा हो जिसमें खर्च ही खर्च होना है। इस देश में यदा-कदा सुनने को मिलता है कि नवजात लड़की किसी मंदिर में पड़ी मिली या कूड़ेदान के पास मिली अथवा जन्म लेते ही उसे मार दिया तो कई लोगों को सहज विश्वास नहीं होता, परंतु उन्हें फेंकने वालों की सोच तो यही रहती है कि उनके घर में तो उसे जिंदगी भर कई-कई बार मरना है और साथ में उनके परिवार को भी, तो क्यों न उसे बाहर फेंक दिया जाए। यदि भाग्य से किसी पैसे वाले ने उठा लिया तो उसकी ज़िंदगी चमक जाएगी, नहीं तो मरना तो उसे है ही फिर क्यों न वह अकेली ही मरे? कुछ पैसे वाले लोग तो उसे कोख में ही मारने लगे हैं। इतनी क्रूर सोच और क्रूरता उस देश में जिसमें देवताओं के साथ देवियां भी पूजी जाती हैं। हाँ, यदि लड़का पैदा हो गया तो उसके विवाह में जो दहेज मिलेगा उससे बेटी के विवाह का कुछ इंतजाम तो हो ही जाएगा। अतः यदि बेटी हो भी तो बड़ी न हो, बड़ा बेटा ही हो, यही कामना की जाती है। मंदिरों में बेटे के पैदा होने की मन्नतें माँगी जाती हैं, देवताओं के मंदिर में और देवियों के मंदिरों में भी। अब मेरे घर में तो मुझसे बड़ी दो बहनें थी। उनके हाथ तो पीले करने ही पड़ेंगे। हाथ पीले करने में खर्च ही देखना पड़ता है, बाकी वर क्या करता है, कैसा है - ये सब बाद की बातें हैं। वर और घर के हिसाब से दहेज की रकम तय

होती है। जैसे हालात होते हैं उससे इसमें कोई अंतर नहीं पड़ता कि लड़की पढ़ी-लिखी है अथवा नहीं। हाँ, थोड़ा पढ़ा-लिखा होना काफी है।

अब लड़की को बाहर भेजना आसान तो है नहीं, मेरे गाँव में केवल लड़कियों के लिये अलग से कोई स्कूल तो था नहीं और स्कूल था भी केवल एक, वह भी पाँचवीं तक। अत: स्कूल में बहनों का नाम लिखा दिया और बस शुरू में दो-तीन साल भेज दिया। उन्हें थोड़ा पढ़ना-लिखना आ गया, काम हो गया। स्कूल में फीस भी न लगती, फिर भी स्लेट, किताब और बस्ते पर खर्च तो होता ही है। कई परिवार तो लड़कियों को स्कूल में भर्ती करते ही नहीं, क्या पता लड़का अनपढ़ ही ढूंढ़ना पड़े। जो भी हो, मेरी बहनों ने इतनी पढ़ाई-लिखाई कर ली कि चिट्ठी-पत्री जैसे-तैसे पढ़ सकें। वैसे भी कौन-सी चिट्ठियां रोज-रोज आती हैं? बापू ने सोचा कि बेटे को तो पढ़ाना पड़ेगा क्योंकि बिना पढ़ाई के नौकरी तो मिलने से रही और नौकरी के बिना तो घर की हालत सुधरने से रही।

मेरी बहनों के विवाह भी साधारण परिवारों में हुए जो हमसे अच्छी ज़िंदगी नहीं बिता रहे थे। साल में खेती से एक बार कमाना और साल भर खाना, खाना भी हमारे परिवार से बदतर। अपने खेत और घर में मजदूरों की तरह काम तो करते ही थे, कभी-कभी दूसरों के खेतों में भी मजदूरी का काम कर आते थे। क्या करें, जब खर्च नहीं चलता तो न तो समाज दिखाई देता है, न यह कि किस तरह का काम है, केवल पैसा दिखाई देता है जिससे पेट पूरा नहीं तो आधा भरा जा सके। पुराने जमाने में कहते थे कि देश में मजदूरी नहीं करनी चाहिये और परदेश में करनी पड़े तो भी कोई बात नहीं। कहने का तात्पर्य यह था कि किसी देश वाले मतलब गाँव वाले को यह पता नहीं चलता कि कोई समाज में साख रखने वाला मजदूरी करता है। अब गाँव वाला भी कैसे गाँव और परिवार छोड़े क्योंकि अब संयुक्त परिवार तो होते नहीं जो शेष परिवार का ध्यान रख सके। अत: धीरे-धीरे गाँव में ही कभी-कभार अपने परिवार अथवा बड़े लोगों के यहाँ मजदूरी करने में क्या बेइज्जती? ये सब परिपाटी बदलती रहती हैं।

जब मैंने पाँचवीं पास कर लिया तो मेरे बापू ने मुझे नगर के स्कूल में छठवीं में भर्ती करा दिया। अब कॉपी-किताबों का, फीस का और कपड़ों का खर्च बढ़ गया। बापू के लिये खर्च उठाना मुश्किल होने लगा, परंतु बापू ने हिम्मत न हारी। मुझे भी बापू की हालत का अंदाजा था और अब अपनी बहनों

की हालत का भी। था तो मैं छठी कक्षा में, परंतु सोच एक वयस्क की रखता था। कम से कम खर्च करना, मन लगाकर पढ़ाई करना, यहाँ तक कि गाँव से तीन मील पैदल स्कूल जाना। जैसे-तैसे मैंने आठवीं पास कर ली और नम्बर भी अच्छे लाया। अध्यापकों ने बापू से कहा कि आपका बेटा होशियार है तो बापू का मन आगे पढ़ाने का हुआ, परंतु खर्च फिर भी आड़े आ रहा था। बापू ने इसका एक हल ढूंढ़ा, उसने मेरी सगाई कर दी जिसमें उसे कुछ रुपये मिल गए। बापू ने कहा कि विवाह तब करेंगे जब बेटे की पढ़ाई पूरी हो जायेगी। लड़की वाले भी मान गए और मेरा संबंध एक ऐसी लड़की से तय हो गया जो उस समय दस-ग्यारह वर्ष की होगी। खैर जो भी हो, मेरी पढ़ाई का इंतजाम हो गया और मैंने बारहवीं पास कर ली और वह भी प्रथम श्रेणी में।

प्रथम श्रेणी में पास होना इस देश में यह गारंटी नहीं देता कि आप इंजीनियर या डॉक्टर बन जाएंगे। प्रथम श्रेणी के साथ आपके परिवार के पास पढ़ाई का खर्च वहन करने की क्षमता भी होनी चाहिये। मेरे पैसे वाले साथी जिनकी प्रथम श्रेणी आई थी, इंजीनियरी और मेडिकल की पढ़ाई करने चले गये और मैं इंतजार कर रहा था नौकरी लगने का। अब बारहवीं पास वाले को अच्छी नौकरी तो मिलने से रही, परंतु इंजीनियरी और मेडिकल में पढ़ाने की न तो मेरे बापू की हैसियत थी न मेरे ससुर की, अत: मैं नौकरी तलाशने में लग गया। मैं सोचता था कि कोई न कोई तो मुझे नौकरी दे ही देगा, परंतु मैं कितना नासमझ और गलत था। कहीं कोई बच्चों को नौकरी देता है? उसी समय नगर में सेना में सिपाहियों की भर्ती के लिये कैम्प लगा जिसमें मेरी उम्र के बच्चों को ले रहे थे। इससे अच्छा मौका मिल ही नहीं सकता था और मैंने मौके का फायदा उठाया। भगवान की दया से और बापू के आशीर्वाद से और शायद ससुर जी की प्रार्थना से मैं सेना में चुन लिया गया। हो सकता है इसमें मेरी होने वाली पत्नी की मन्नतों का भी योगदान रहा हो।

मैंने सेना में इसलिये नौकरी नहीं की थी कि मुझे देश का गौरव दिखाई दे रहा था अथवा मेरी माँ, बापू या मेरे ससुर ने इस कारण मुझे सेना में नहीं भेजा था कि वे मुझे देश के लिये बलिदान करना चाहते थे, यह सब इसलिये हुआ था कि मुझे नौकरी चाहिये थी, अपना और अपने परिवार का पेट पालने के लिये। परंतु जब मेरा प्रशिक्षण आरम्भ हुआ तो प्रशिक्षणकर्ताओं ने मेरे मस्तिष्क में देश प्रेम भर दिया। प्रशिक्षण के पश्चात् मेरा विवाह भी हो गया जो पहले से ही तय था।

मेरा घर ठीक-ठाक चलने लगा। जब फील्ड में रहता तो खर्च न के बराबर था और मैंने बचत भी करनी आरम्भ कर दी। साल में कुछ पैसे बचे तो दीवाली में माँ-बापू के लिये कुछ सामान ले गया और कुछ पैसे भी दे आया। मेरा परिवार अब गाँव में कुछ इज्जत पाने लगा था। चार वर्ष में ही मैंने अपने घर को पक्का बनवा लिया था, थोड़ा-सा ही सही। जब मेरा बेटा हुआ तो मेरा भी खर्च बढ़ने लगा और मैंने घर पैसे भेजना कम कर दिया, कम क्या कुछ महीनों में बंद ही कर दिया। अब पैसे घर भेजने का ख़्याल भी न आता। जब अपने बच्चे हो जाते हैं तो परिवार के अन्य सदस्य जैसे भाई, बहन, माँ, बाप और अन्य सम्बंधियों की यादें फीकी पड़ने लगती हैं, खास तौर पर यदि उन्हें कुछ देना पड़े। यही मेरे साथ हुआ और मैंने भी बापू को पैसे भेजना बंद कर दिया। हाँ, जब घर जाता तो उनके लिये कुछ न कुछ ले जाता।

एक दिन वैसे ही ख़्याल आया कि जब माँ-बापू ने इतना किया तो क्यों न उन्हें यहीं बुला लूँ? अब मुझे छावनी में ही मकान मिल गया था। यही सोचकर मैंने बापू को लिख दिया और बापू भी माँ को लेकर आ गया। माँ तो जैसे-तैसे अपनी बहू के साथ अपना समय बिता लेती, पर बापू अकेला क्या करता? न कोई बात करने वाला, न उसको समझने वाला। दिन भर घर में घुस कर क्या करता? छावनी के बाहर जाओ तो मुश्किल और अंदर आओ तो मुश्किल। अब जब घर में भी मुश्किल हो और बाहर भी, तो बापू को कहाँ अच्छा लगने वाला था? दस दिन भी नहीं हुए, बापू ने कह दिया कि वह गाँव जाना चाहता है क्योंकि घर भी देखना है। माँ बिना पढ़ी-लिखी होने के बावजूद सब कुछ समझती थी, यहाँ तक कि मुझे, बापू को और मेरी पत्नी को भी। दस दिन बाद वे गाँव वापस चले गये। अब भी हमारे पास इतना नहीं था कि हम पैसे वाले कहलाएं। दो-चार लाख की सम्पत्ति से कोई पैसे वाला नहीं बन जाता।

एक दिन पता चला कि लड़ाई छिड़ गई है। मुझे सीमा पर जाना पड़ा और घर पर रह गई मेरी पत्नी। अनुमान था कि लड़ाई पाँच-दस दिन में समाप्त हो जायेगी, परंतु ऐसा नहीं हुआ। लड़ाई लम्बी चली क्योंकि दुश्मन ऊँचाई पर था और हमारी स्थिति अच्छी नहीं थी। हमें प्रशिक्षण मिला था कि आदेश मानना ही है और हमने आदेश माना। लड़ाई तो हमने जीत ली, परंतु हम में से कई शहीद हो गये और उनमें से एक मैं भी था।

मेरा शरीर मेरे गाँव लाया गया जहाँ मेरी अंत्येष्टि की गई। मेरी पत्नी और मेरे बेटे की जिम्मेदारी मेरे बूढ़े माँ-बाप पर आ गई। उन्हें लगा कि वे तीस वर्ष

पीछे पहुँच गये हैं। बेचारे परेशान होने लगे, अब तो उनसे इतना काम भी नहीं होता था। बेटे का गम बहुत बड़ा होता है, पति के जाने का दु:ख किसी भी दु:ख से अधिक होता है, बाप के मरने का दु:ख भी बयान नहीं किया जा सकता खास तौर पर जब बेटा छोटा हो। परंतु उस दु:ख का अंत नहीं यदि भविष्य अंधकारमय दिखाई दे, जिसमें बूढ़े माँ-बाप को भूखा सोना पड़े, पत्नी को मजदूरी करनी पड़े और बेटे को स्कूल भी नसीब न हो।

तभी सरकार ने इस बार होने वाले शहीदों के लिये नकद सहायता दी। कइयों को लगा कि यह सहायता क्यों दी जा रही है, जबकि अन्य नौकरीपेशा सरकारी कर्मियों को तो नहीं दी जाती। पर यह तो मेरी आत्मा जानती है कि यदि यह सरकारी सहायता नहीं मिलती तो मेरी आत्मा यहीं भटकती रहती। यह कोई नहीं जानता कि सरकारी सहायता ने मेरी आत्मा को शांति प्रदान की है।

आस-पड़ोस की लघु कहानियाँ

अलीबाबा

चालीस चोरों का वह गढ़ था जहाँ वे अपना लूटा हुआ माल रखते, सुरक्षित, न चोरों का डर, न डकैतों का और न सरकार का। दरवाजे पर ऐसी जबरदस्त सुरक्षा प्रणाली का इंतजाम था कि बिना आवाज पहचाने दरवाजा नहीं खुलता।

सरकार न चोरों का पता लगा सकी, न गढ़ का, न गढ़ के दरवाजे का और न उसे खोलने का।

एक दिन अलीबाबा आया और उसने चोरों के सरदार की आवाज की नकल की और दरवाजा खोल लिया। अलीबाबा आवाज की नकल जो कर सकता था।

जमाना बदला।

चोरों की संख्या बढ़ गई। अब वे चालीस नहीं, चालीस हजार हो गए थे। गढ़ भी अब सुनसान स्थान पर न होकर विदेश के एक बड़े शहर में था, परंतु पहले से भी अधिक सुदृढ़, सुरक्षित और कंप्यूटरीकृत। कोई दूसरा अब आवाज की नकल करके भी दरवाजा नहीं खोल सकता था। पहले की तरह अब भी कोई अन्य उनका खाता नहीं खोल सकता था।

विदेशी गढ़ में अकूत दौलत जमा हो गई थी। चोर मर जाते तो उनकी दौलत भी चली जाती।

सरकार का अभी भी वही हाल है। लगता है कि किसी दिन कोई अलीबाबा आयेगा और सारा गढ़ खाली कर जाएगा और सरकार----।

✳ ✳ ✳

भिखमंगा

चौराहे पर गाड़ी खड़ी होते ही वह खिड़की के पास आकर खड़ा हो गया। हट्टा-कट्टा, बड़ी-बड़ी आँखें, केवल कपड़े मैले-कुचैले। आते ही बोला, 'बाबूजी, दो रुपये दे दो।'

'इतने हट्टे-कट्टे हो, फिर भी भीख माँगते हो।'

आँखें तरेर कर वह चलता बना।

मैंने अपनी साथी को कहा, 'देखो, भिखमंगे को।'

कार्यालय में पहुँचकर मैंने उसे भूलने की कोशिश की, फिर भी उसकी याद मस्तिष्क के किसी कोने में बनी रही।

थोड़ी देर बाद मेरे पास अपना काम कराने एक सज्जन आये। मैंने उनसे दो हजार रुपये माँगे। उन्होंने रुपये तो नहीं दिये और बिना कुछ कहे चलते बने। दरवाजे के पास जाकर उन्होंने अपने एक साथी से कुछ कहा और मेरी ओर इशारा किया।

मुझे लगा कि वे अपने साथी को कह रहे हैं, देखो भिखमंगे को।

∗ ∗ ∗

राम भरोसे

वन में कुछ दिनों से उग्रवादी उत्पात मचाने लगे थे। दो-चार माह में एक न एक वारदात कर देते। राजा शेर ने अपने सबसे बड़े पुलिस अधिकारी भालू के साथ बैठक की और उनकी राय माँगी। उन्होंने सुझाव दिया कि खुफिया तंत्र को मजबूत करने के लिये हमारे विभाग वालों को बजट उपलब्ध कराया जाये। शेर ने आदेश पारित कर दिया कि खुफिया तंत्र को मजबूत करने के लिये वन की पुलिस को अतिरिक्त बजट दिया जाये।

पुलिस को अतिरिक्त बजट दे दिया गया। पुलिस ने इस बजट से अपने मुखबिर रखने आरम्भ कर दिये और उसके परिणाम भी अच्छे आने लगे।

एक दिन एक भालू के पास संदेश आया कि बड़े साहब आ रहे हैं और उनकी सेवा अच्छी तरह होनी चाहिये, नहीं तो उसकी तरक्की रुक सकती है। बेचारा परेशान हो गया और अंत में कुछ सोचकर खुफिया तंत्र के बजट के पैसे खर्च कर दिये।

यह सब दूसरों को भी पता चल गया। अब खुफिया तंत्र का काफी पैसा खुफिया तंत्र की जगह सेवा और अतिथियों के ऐशो-आराम में खर्च होने लगा।

इसका फायदा आतंकवादियों ने भी लिया और फिर स्थिति बदतर होने लगी।

बड़े अधिकारी ने फिर बैठक की और इसका कारण पूछा तो एक ईमानदार अधिकारी ने कहा, 'श्रीमानजी, या तो खुफिया तंत्र राम भरोसे होगा अथवा सेवा।'

साहब ने निर्णय लिया कि खुफिया तंत्र राम भरोसे नहीं होगा।

कुछ ही दिन में वन में सुख-शांति हो गयी।

✳ ✳ ✳

प्रेम

उसने हिंदी माध्यम से शिक्षा प्राप्त की थी। अंग्रेजी का उसे अधिक क्या, सामान्य ज्ञान भी नहीं था। फिर भी वह हिंदी के वाक्यों के बीच कुछ अंग्रेजी के शब्दों का प्रयोग करता, केवल यह दिखाने के लिये कि उसे अंग्रेजी भाषा का भी उतना ही ज्ञान है।

एक बार वह अपने नए साहब को बता रहा था, 'सर, यह एजेंसी अर्थमेटिकली बहुत स्ट्रांग है।'

साहब अच्छी तरह समझ न सके और उन्होंने पूछ लिया, 'क्या इसने अर्थमेटिक्स में एम. एससी. या पी.एच. डी. की है?

'नहीं सर, मेरा मतलब है कि एजेंसी आर्थीकली बहुत स्ट्रांग है।'

यह सुनकर साहब की अंग्रेजी भी जवाब दे गयी। उन्होंने पूछा, 'अरे भाई, हिंदी में बताओ, यह आर्थीकली क्या होता है?'

वह बोला, 'सर, आप समझ नहीं रहे हैं, मेरा मतलब है कि एजेंसी बहुत पैसे वाली है।'

साहब बोले, 'अच्छा, तुम्हारा मतलब है कि एजेंसी फाइनेंसिअली साउंड है।'

वह बोला, 'हाँ सर, यही तो मैं कह रहा था।'

देखा, एक हिंदी माध्यम वाले का हिंदी प्रेम!

* * *

जुगाड़

कबूतरों ने देखा कि जमीन पर बहुत-सा दाना पड़ा था। वे समझ गए कि यह सब बहेलिये की चाल है। वे आराम से नीचे उतर गये।

वास्तव में बहेलिये ने जमीन पर जाल बिछा रखा था। उसने जैसे ही कबूतरों को उतरते देखा, उसका मन प्रसन्न हो गया। उसने सोचा, आज तो अच्छा शिकार मिलेगा।

कबूतरों ने आराम से दाना खाया। बहेलिये को आता देखकर भी उन्हें कोई चिंता नहीं हुई।

बहेलिया जैसे ही कबूतरों के पास पहुँचा, एक सरकारी अधिकारी वहाँ पहुँच गया और उसने बहेलिये को पक्षियों को पकड़ने के आरोप में गिरफ्तार कर लिया।

दाना खाकर कबूतरों ने आवाज लगाई और वहीं आसपास से एक चूहा पहुँच गया। कबूतरों ने उसे मिठाई की एक थैली दी और चूहे ने बिना देर किए जाल कुतर दिया।

कबूतर उड़े और अधिकारी और बहेलिये के पास से गुजरे, उनमें से एक ने अधिकारी से एक पत्र लेकर चोंच में दबाया और उड़ गये।

बहेलिये की समझ में सब कुछ आ गया।

बहेलिये को पुरानी कहानी में भी कुछ नसीब नहीं हुआ था, न अब हुआ। हाँ, कबूतर अवश्य जुगाड़ लगाना सीख गए थे और सफल भी थे।

✳ ✳ ✳

एजेंसी

रात में एक सपना देखा। अभी-अभी मेरे बेटे ने पेंट की एजेंसी ली थी। सोचा कि कैसे पेंट की बिक्री बढ़ाई जा सकती है? कुछ तो करना ही पड़ेगा, नहीं तो इस पद पर रहने का क्या फायदा?

बसों की दुर्घटनाएं बढ़ती जा रही थीं। मैंने एक बैठक बुलाई। बसों का पेंट बदलना पड़ेगा, बसों का रंग एक जैसा नहीं है, इसलिए दुर्घटनाएं हो रहीं हैं। सबको आदेश दे दिया कि सभी बसों का रंग लाल होना चाहिये।

सबको पता था कि बस वाले नए-नए लड़कों को ड्राइवर बना रहे थे। न उन्हें यात्रियों की चिंता, न पैदल चलने वालों की। उन्हें तो अपने मालिकों के फायदे और अपनी नौकरी की चिंता थी। अतः दुर्घटनाएं हों तो उनकी बला से।

सभी बस वाले मेरे पास आए, उन्होंने रंगरोगन पर खर्च के बदले किराया बढ़ाने पर जोर दिया।

पाँच हजार बसें और एक बस पर पेंट का खर्च पचास हजार रुपये। मेरी पच्चीस करोड़ की बिक्री का सवाल था। मैंने उनकी बात मान ली, उन्होंने मेरी।

पेंट से दुर्घटनाएं न तो रुकनी थीं, न रुकीं।

एक वर्ष बाद फिर बैठक करनी पड़ी। इस बार मैंने कहा कि लाल रंग तो होता ही है दुर्घटनाओं का कारण। सभी बसों का रंग नीला करवाने का आदेश दे दिया।

एक बार फिर किराया बढ़ाना पड़ा। बस मालिकों ने फिर नए नौसिखिये ड्राइवर रख लिये।

दुर्घटनाएं फिर भी नहीं रुकीं, रुकनी भी नहीं थी।

अब मेरे बेटे ने छोटी बसों की एजेंसी ले ली है।

अब बड़ी बसें बंद कर छोटी बसें चलवाना हैं। अगले हफ्ते मैं फिर बैठक कर रहा हूँ।

सपना टूट गया, न मेरे पास बसें थीं, न एजेंसी और न बेटा।

* * *

126 *आस-पड़ोस की लघु कहानियाँ*

राजकृपा

सुदामा ने अपनी पत्नी की दी हुई चिउड़े की पोटली संभाली और चल दिए पैदल द्वारका के राज दरबार। पत्नी ने इतना कहा तो उन्हें भी लगा, शायद कुछ मिल जाये, नहीं तो पुराने मित्र से मिल ही लेंगे।

उनकी दरिद्र अवस्था को देखकर दरबान ने उन्हें द्वार पर ही रोक दिया।

जब उन्होंने बार-बार मिन्नतें की तो किसी दरबान का दिल पसीजा और उसने भगवान श्रीकृष्ण को सूचना दी तो भगवान उन्हें लेने स्वयं नंगे पैर दौड़े-दौड़े आये।

सुदामा उन्हें चिउड़े की पोटली देने में संकोच करने लगे तो भगवान ने स्वयं पोटली ले ली।

सुदामा का घर हवेली बन गया और घरवाली राजरानी।

जमाना बदला।

नए शासक से मिलने उनके बाल सखा नए सुदामा राजधानी पहुँचे, एक चमचमाती गाड़ी में। साथ में एक सूटकेस, पार्टी फंड के लिये।

संतरी ने उन्हें द्वार पर ही रोक दिया, अपाइंटमेंट लिया है कि नहीं। बिना तलाशी के भी अंदर जाना मना था।

जब संतरी से उन्होंने बार-बार मिन्नतें कीं तो उसमें से एक का दिल पसीजा और उसने अंदर सूचना दी तो शासक महोदय ने स्वागत कक्ष में संतरी को उनकी बिना तलाशी लिये अंदर भेजने के लिये कहा।

अंदर की चकाचौंध देखकर वे सूटकेस देने में संकोच करने लगे तो शासक महोदय ने स्वयं सूटकेस ले लिया।

उनकी कृपा से नए सुदामा को टिकट मिल गया।

नए सुदामा का घर भी हवेली बन गया और घरवाली राजरानी।

राजकृपा की महिमा जो ठहरी।

* * *

प्रार्थना

द्रौपदी ने बर्तन धोकर रखा ही था कि दुर्वासा ऋषि पधारे, वह भी अपने कई शिष्यों के साथ। दुर्वासा ऋषि जिनसे सभी डरते थे, क्या मनुष्य, क्या राजा और भगवान भी। डरने के लिये उनका नाम ही काफी था, वे स्वयं पधारे थे।

अब द्रौपदी क्या करे? खाने का बर्तन साफ कर दिया, अब क्या होगा? दुर्वासा ऋषि नहाकर आते ही होंगे।

कुछ न सूझा तो भगवान श्रीकृष्ण को याद किया। कहते हैं, भगवान तभी नजर आते हैं जब कुछ नजर नहीं आता। श्रीकृष्ण तो वैसे भी द्रौपदी के सम्बंधी थे, अर्जुन के मामा के लड़के।

भगवान आ गये। आते ही बोले, 'बहन कुछ खाने को दो, भूख लगी है।'

कंगाली में आटा गीला। 'अरे, मैं स्वयं दुर्वासा ऋषि को नहीं खिला सकती, अत: आप को सहायता के लिये बुलाया। और एक आप हैं कि खाना माँग रहे हैं। भैया, मैं आपको कहाँ से खिलाऊं?' द्रौपदी ने कहा।

'चलो बहन, अपना पात्र तो दिखाओ।'

द्रौपदी खाली पात्र उठा लाई। लो, 'देख लो।'

श्रीकृष्ण ने उसमें चिपका एक चावल का दाना निकाला और खा लिया।

दाना खाते ही सभी जीव तृप्त हो गये, दुर्वासा ऋषि और उनके शिष्य भी।

कितना अच्छा हो यदि भगवान प्रतिदिन चावल का एक दाना खा लें जिससे विश्व के गरीबों को भूखा न रहना पड़े।

हो सकता है, भगवान मेरी प्रार्थना सुन लें, जैसे द्रौपदी की सुनी थी।

✳ ✳ ✳

सीख

उन्होंने ऊपर चढ़ने के लिये सीढ़ी लगाई। सीढ़ी पर कई डंडे लगे थे। जैसे-जैसे वे ऊपर चढ़ते जाते, नीचे का डंडा काटते जाते।

धीरे-धीरे वे ऊपर पहुँच गये। ऊपर से सब कुछ साफ-साफ दिखाई दे रहा था। वे बहुत खुश थे कि इतनी ऊँचाई पर उनके अतिरिक्त और कोई नहीं था।

अब वे ऊपर खड़े होकर ही सबको निर्देश देते। सभी उनके निर्देश मानते क्योंकि सब को लगता कि उनका स्थान सबसे ऊँचा है।

धीरे-धीरे उनमें अभिमान आने लगा जो स्वाभाविक था क्योंकि वे उच्च स्थान पर थे। यहाँ तक कि उन्हें लगने लगा कि वे भगवान के समीप हैं। उन्हें पता था कि न तो कोई वहाँ पहुँच सकता है क्योंकि उन्होंने सीढ़ी के डंडे काट रखे हैं और न वहाँ पहुँचने का अन्य कोई साधन है। इस कारण वे उद्दंड भी होते जा रहे थे।

उनसे तंग आकर, आम जनता ने एक उपाय सोचा। एक के ऊपर एक लोग चढ़ने लगे जैसे दही की मटकी तोड़ रहे हों। कुछ ही देर में लोग ऊपर पहुँच गये।

ऊपर पहुँचते ही आम जनता ने उन्हें नीचे उतरने के लिये कहा। उनकी मजबूरी थी कि वे नीचे उतर नहीं सकते थे क्योंकि नीचे आने का साधन उन्होंने स्वयं काट रखा था। जब उन्होंने आम जनता की बात नहीं सुनी तो भीड़ में से किसी ने उन्हें धक्का दे दिया। फिर क्या था, वे धड़ाम से नीचे गिरे और ऐसे गिरे कि कभी उठ न पाये।

क्या अच्छा होता कि वे सीढ़ी के डंडे नहीं काटते जिससे नीचे उतरने का साधन भी बना रहता और दूसरों को ऊपर चढ़ने का भी।

पता, नहीं कुछ लोग रावण से सीख क्यों लेते हैं, राम से क्यों नहीं? जबकि उन्हें रावण का हश्र भी मालूम होता है।

* * *

आदत

उनकी आदत हो गई थी कि बिना कमीशन लिये वे कोई काम न करते। दो बार पकड़े भी गए और उनकी पदोन्नति भी रुक गई, लेकिन एक वे थे कि सुधरे ही नहीं।

जब एक बार शर्म हट जाती है, तो कहते हैं कि बेशर्मी आ जाती है, चाहे वह औरत हो या मर्द। उनका भी यही हाल था, कोई कुछ भी कहे और कितना भी करीबी हो, यदि चढ़ावा न चढ़ाता, वे टस से मस न होते। चढ़ावे का प्रतिशत भी उन्होंने निश्चित कर रखा था, पूरा दस प्रतिशत।

एक दिन उनकी जेब में दस हजार रुपये पड़े थे, पत्नी ने उसमें से दो हजार निकाल लिये, यह सोचकर कि उन्हें इसका पता नहीं चलेगा। लेकिन वे भी कम न थे, एक-एक रुपये का हिसाब रखते, भले ही उनकी जेब में लाखों पड़े हों।

'क्या मेरी जेब से तुमने दो हजार रुपये निकाले?' उन्होंने पत्नी से पूछा।

'जी नहीं', पत्नी का जवाब था। 'हो सकता है, तुमने कहीं खर्च कर दिये हों।'

'देखो, सच-सच बता दो, मुझे गुस्सा मत दिलाओ।'

पति का मूड देखकर पत्नी ने समझौता करने में ही भलाई समझी।

वह दो सौ रुपये लेकर आई और बोली, 'अच्छा ठीक है, ये लो दो सौ रुपये और मामला रफा-दफा करो।'

उन्होंने हिसाब लगाया, दो हजार रुपये का दस प्रतिशत - दो सौ।

वे बोले, 'अच्छा ठीक है, लेकिन आइंदा से बोलना न पड़े। कमीशन पहले से ही दे दिया करो।'

✳ ✳ ✳

गणित

देश में सर्व शिक्षा अभियान आरम्भ हो गया था। अभियान का उद्देश्य था कि सभी बच्चों को बारहवीं तक मुफ्त शिक्षा दी जायेगी, वह भी उच्च स्तर की। आखिर बच्चे ही देश का भविष्य होते हैं। जैसा देश चाहोगे वैसे बच्चे होना ही चाहिए। शिक्षा का स्तर तो सुधारना ही पड़ेगा।

उच्च स्तर पर बैठकों का दौर चला। देश की राजधानी में लगभग हर माह केंद्रीय सरकार एवं राज्य सरकारों के अधिकारियों की बैठकें चलती रही। अंत में एक मसौदा तैयार हो गया। मसौदा तैयार होने के बाद, केंद्रीय मंत्रीजी एवं राज्यों के मंत्रियों की बैठकों का दौर आरम्भ हुआ। लगभग दो वर्ष बाद प्रस्ताव पर मुहर लग गई। शिक्षा के स्तर को सुधारने के लिए हर गाँव में प्राथमिक विद्यालय होंगे और प्रत्येक विद्यालय में पाँच-पाँच अध्यापक होंगे। बच्चों को खाने के लिए दोपहर में स्वादिष्ट भोजन भी मिलेगा। बच्चों को निःशुल्क शिक्षा दी जायेगी एवं उनको पुस्तकें भी निःशुल्क वितरित की जाएंगी। इसके अतिरिक्त अनुसूचित जाति एवं जनजाति के बच्चों को हाजिरी के हिसाब से दो रुपये प्रतिदिन के अलग से दिए जाएंगे। इन सबका उद्देश्य था – बच्चों को शिक्षा के लिए प्रोत्साहित करना जिससे सभी नागरिक शिक्षित हो सकें।

हमारे देश में नियम, कानून और नीतियाँ बहुत अच्छी बनती हैं क्योंकि हमारे अधिकारी एवं मंत्री विकसित देशों में जाकर अध्ययन करते हैं, फिर उनमें कुछ न कुछ जोड़कर रिपोर्टें बनवाई जाती हैं। कभी-कभी तो इसके लिए देशी एवं विदेशी सलाहकारों की सेवाएं भी ली जाती हैं। परंतु इन नियमों, कानूनों एवं नीतियों का क्रियान्वयन तो हमारे लोगों को ही करना होता है, अतः क्रियान्वयन अपने हिसाब से ही होता है। चाहे ये कितने भी अच्छे, सख्त अथवा बेमिसाल हों।

राज्य सरकारों ने अध्यापकों हेतु विज्ञापन दिया तो मैंने भी अपना फार्म भेज दिया। फॉर्म भेजकर साक्षात्कार की तैयारी कर रहा था तो गाँव में एक

महानुभाव आए जो उसी गाँव के एक सदस्य के दूर के रिश्तेदार थे एवं नौकरी लगवाने की गारंटी लेने लगे। उनका कहना था कि बिना पैसे दिए चयन नहीं होगा। यदि नौकरी चाहिए तो दो लाख रुपये देने होंगे। आसपास के गाँवों में भी यह बात फैल गई। यहाँ-वहाँ से लोग उनके घर आने लगे। उनका कहना था कि यदि नौकरी नहीं मिली तो वे रुपये लौटा देंगे। सुना था कि बीस लोगों से उन्होंने चालीस लाख रुपये इकट्ठे कर लिए। मैंने भी दो लाख रुपये का इंतजाम करना चाहा, परंतु मेरी हालत ऐसी नहीं थी, अत: मैंने अपना चयन भगवान भरोसे छोड़ दिया। विश्वास तो था नहीं कि मुझे नौकरी मिलेगी, परंतु मैं यही कहता कि देश में अभी भी कुछ तो ईमानदारी होगी ही, अत: मैं रिश्वत नहीं दूँगा। मन ही मन डरा हुआ था, अत: भगवान के सामने प्रार्थना करने के अतिरिक्त मेरे पास अन्य कोई चारा नहीं था।

साक्षात्कार सम्पन्न होने के उपरांत जब परिणाम आया तो मेरे गाँव एवं आसपास के गाँवों के आठ लोगों को नौकरी मिल गई थी। इसमें सात वे लोग थे जिन्होंने दो-दो लाख रुपये खर्च किए थे एवं आठवाँ मैं। कुछ भी हो, जो रिश्तेदार गारंटी ले रहे थे उन्होंने चौदह लाख रुपये रखकर बाकी लोगों के रुपये वापिस कर दिए थे। सभी उनकी ईमानदारी की प्रशंसा कर रहे थे। वैसे यह जाँच का विषय है कि उन्होंने एक पैसा भी किसी और को दिया था अथवा नहीं। मैं प्रसन्न था कि भगवान ने मेरी सुध ले ली थी एवं बिना रिश्वत दिए मेरा कार्य पूरा हो गया था। अत: मैंने सोचा कि मन लगाकर बच्चों को पढ़ाऊँगा एवं सरकारी नीतियों का क्रियान्वयन करूँगा।

जिले के ही एक प्राइमरी विद्यालय में मेरी नियुक्ति हो गई। छोटा-सा गाँव, जहाँ पहुँचने के लिए एक कच्ची सड़क थी। गाँव में न तो सरकारी पानी था, न ही सीवर लाइनें। यदि गाँव में कोई आता तो गाँव के बच्चे-बच्चे को खबर हो जाती। जैसे ही मैंने गाँव में पदार्पण किया, एक सज्जन ने पूछा, 'भैया, किसके यहाँ जाना है?' शायद कहाँ जाना है? - केवल शहर के लिए ही मायने रखता है क्योंकि शहर में कई गली-मुहल्ले होते हैं, परंतु गाँव में नहीं। जब मैंने उन्हें बताया कि मेरी नियुक्ति यहीं के विद्यालय में हुई है, तो वे सज्जन तुरंत खड़े हो गए, झुककर नमस्कार किया एवं मुझे साथ लेकर गाँव में प्रविष्ट हुए। गाँव में जितने लोग मिलते, सभी को बताते जाते कि ये नए मास्टर जी हैं। वैसे तो मेरी यह पहली नियुक्ति थी एवं अब तक मैं विद्यार्थी वाला व्यवहार करता था, परंतु लगा कि मैं उम्र में छोटा होने के

बावजूद परिपक्व अवस्था में पहुँच गया हूँ। कम से कम मुझे आज से ऐसा दिखाना ही पड़ेगा।

रास्ते में प्रधान का मकान पड़ता था, अत: वे सज्जन बोले, 'चलिए, आपको प्रधान जी से भी मिलवा देते हैं।' जब मैंने उनसे कहा कि पहले मैं स्कूल में जाकर अपनी उपस्थिति लगाना चाहता हूँ तो उन्होंने बड़े पते की सीख दी कि स्कूल की उपस्थिति से महत्त्वपूर्ण प्रधान जी के यहाँ उपस्थिति दर्ज कराना है। आप नए हैं, अत: धीरे-धीरे समझ जाएंगे। यह सुनकर मैंने पहले प्रधान जी के यहाँ हाजिरी लगाना ही उचित समझा।

प्रधान जी एक निवार के पलंग पर बैठे थे। न तो वे पलंग से उठे और न ही उन्होंने पहले मुझसे नमस्ते किया जैसे अभी तक सभी गाँव वाले कर रहे थे। अब मुझे अपनी स्थिति का अनुमान हुआ तो मैंने प्रधान जी से नमस्ते की। उन सज्जन ने प्रधान जी से बताया कि ये नए मास्टर जी हैं। प्रधान जी ने मुझसे कई प्रश्न पूछे जैसे किस गाँव के हो, विवाहित हो या अविवाहित, किस जाति के हो, कब से पढ़ा रहे हो, इत्यादि। लगा कि पढ़ाई एवं शिक्षा के अतिरिक्त मेरे बारे में प्रधान जी सब कुछ जानना चाहते थे। उन्होंने आवाज देकर अपने नौकर को बुलाया और चाय-नाश्ता लाने को कहा। नौकर जब तक चाय-नमकीन लाया, उन्होंने मुझे समझा दिया कि मन लगाकर मास्टरी करोगे तो वे मेरा ख्याल रखेंगे। मुझे समझ में नहीं आया कि वे मेरा क्या ख्याल रखेंगे, परंतु मैं चुप ही रहा।

प्रधान जी के यहाँ चाय-नाश्ता करने के बाद मेरे साथी महोदय मुझे स्कूल पहुँचा आए। मैंने उनको धन्यवाद दिया तो वे बोले, 'यह तो मेरा सौभाग्य है कि मैंने आपका अभिनंदन किया।' खैर, मैं स्कूल पहुँचा तो बच्चे अलग-अलग कार्यों में व्यस्त थे। जब मैं प्रधानाचार्य महोदय के कमरे में पहुँचा तो वह बंद था। मुझे आश्चर्य हुआ कि प्रधानाचार्य महोदय का कक्ष क्यों बंद है? देखा, तो एक कक्ष में एक शिक्षक बैठे थे एवं छात्र कुछ कार्य कर रहे थे। जैसे ही उन्होंने दरवाजे के समीप मुझे खड़े देखा, वे कक्ष से बाहर आ गए। उन्होंने मुझसे मेरे आने का प्रयोजन पूछा। जब मैंने उन्हें बताया कि मेरी नई नियुक्ति हुई है, तो वे प्रफुल्लित हो गए। कक्षा में जाकर उन्होंने छात्रों से कुछ कहा और बाहर आकर मुझे प्रचानाचार्य कक्ष में ले गए। ताला स्वयं खोलकर, वे प्रधानाचार्य की कुर्सी पर बैठ गए। जब मैंने नियुक्ति पत्र के साथ अपनी आगमन सूचना दी तो वे बोले, 'अरे भाई, मैं प्रधानाचार्य नहीं हूँ। प्रधानाचार्य जी अगले सप्ताह आएंगे तो उन्हें ही अपने कागजात दे दीजिए।' जब मैंने

उनसे प्रश्न किया कि क्या प्रधानाचार्य जी अवकाश पर हैं? तो वे बोले, 'अरे नहीं, वे अवकाश पर नहीं हैं। वे अगले सप्ताह से आएंगे।' मेरी समझ में कुछ नहीं आया। जब उन्होंने मेरा सपाट चेहरा देखा तो बोले, 'चिंता मत करो, आपकी आगमन रिपोर्ट आज से ही मानी जाएगी। धीरे-धीरे आप सब समझ जाओगे। आज आपका पहला दिन है, कल से मैं आपको सब कुछ समझा दूँगा।' नया होने के कारण मैंने भी चुप रहना ही उचित समझा।

अगले दिन जब मैं स्कूल पहुँचा तो वे शिक्षक महोदय प्रधानाचार्य की कुर्सी पर ही विराजमान थे। अभी पढ़ाई प्रारम्भ नहीं की गई थी, अत: उन्होंने मुझे बैठाया। फिर बोले, 'ऐसा करो कि तुम प्रथम एवं द्वितीय कक्षा के बच्चों की देखभाल कर लो। मैं तृतीय, चतुर्थ एवं पाँचवीं कक्षा के बच्चों को देख लूँगा।' मेरे हाँ करने पर उन्होंने दोनों कक्षाओं के हाजिरी रजिस्टर मुझे सौंप दिए। फिर उन्होंने समझाया कि सर्वप्रथम कक्षा दो में जाकर हाजिरी ले लीजिए, फिर उन्हें कुछ काम देकर कक्षा एक में चले जाइए। मैं अचंभित था कि सरकार ने पाँच कक्षाओं के लिए इतने कम शिक्षक क्यों रखे हैं? परंतु समय की कमी के कारण हाजिरी रजिस्टर लेकर मैं कक्षा में चला गया।

जब हाजिरी लेना आरम्भ किया तो देखा कि आधे से अधिक बच्चे अनुपस्थित थे जबकि आज से पहले सभी बच्चों की उपस्थिति दर्ज थी। यह सोचकर कि अपने शिक्षक से पूछ लूँगा, मैंने पढ़ाई का श्रीगणेश कर दिया। दोपहर के खाने के समय देखा कि सभी बच्चे अपने-अपने बर्तन लेकर बाहर आ गए। बाहर आकर देखा कि अन्य बच्चे भी वहाँ मौजूद थे और मेरे सहशिक्षक उन्हें चुप करा रहे थे। कुछ बच्चे पहले से बैठे थे एवं उन्हें खिचड़ी-दलिया परोसा जा रहा था। मेरी कक्षाओं के छात्र भी वहीं बैठ गए। मेरे सहशिक्षक ने मुझे बुला लिया एवं चपरासी को कुछ कहकर मुझे लेकर प्रधानाचार्य कक्ष में पहुँचे। पीछे-पीछे हमारे लिए खिचड़ी-दलिया लिए, चपरासी भी आ गया। वे बोले, 'ला भई, खाना खा लिया जाए।' खाना खाते-खाते वे बोले, अरे भाई, मैं आपको बताना भूल गया कि सभी बालकों की हाजिरी लगा देना। जब मैंने समझने की कोशिश की तो उन्होंने समझाया कि यदि बालक उपस्थित ही नहीं होंगे तो खिचड़ी-दलिया कैसे खाएंगे। जब वे ही नहीं खाएंगे तो हम लोगों का काम कैसे चलेगा। देखो, हमारे यहाँ जितना सामान आता है उसका कुछ भाग सब में बंट जाता है। बचा हुआ बालकों के लिए है। क्योंकि आधे ही बच्चे आते हैं तो कोई परेशानी नहीं है, आखिर

हाजिरी तो सभी की लग जाती है। अब आप आ गए हैं तो देख लेंगे, आपका भी हिस्सा रहेगा, हाँ कुछ खिचड़ी-दलिया बालकों को कम देना पड़ेगा।

पता नहीं, यह सुनते ही दलिया-खिचड़ी का स्वाद एकदम कड़वा हो गया था। लगा कि मैं किसी गरीब असहाय बच्चे का निवाला डकारे जा रहा हूँ। आगे अब खाया नहीं जा रहा था। मैंने उनसे कहा कि मुझे इसकी आवश्यकता नहीं है, तो वे बोले, 'जैसी, आपकी मर्जी।'

जब मैंने पूछा कि क्या अन्य शिक्षक अवकाश पर हैं, तो वे हँसने लगे। 'हाँ भई, अगले सप्ताह से मैं अवकाश पर रहूंगा। आप संभाल लेना।' मैं फिर भी नहीं समझा तो उन्होंने बताया कि हम सबने निर्णय लिया है कि एक बार में एक शिक्षक स्कूल संभालेगा एवं अन्य शिक्षक अपना घर-व्यवसाय संभालेंगे। इस तरह बारी-बारी से एक-एक सप्ताह हम लोग आते हैं। इस तरह महीने में एक सप्ताह आना पड़ता है। तीन सप्ताह छुट्टी करते हैं, परंतु वेतन पूरा लेते हैं। अतः अब आप आ गए हैं, तो दस-दस दिन का चार्ट बना लेंगे। मैं सुनकर अवाक रह गया। क्या यही शिक्षक देश का उद्धार कर रहे हैं?

अगले सप्ताह प्रधानाचार्य महोदय आ गए और वे शिक्षक चले गए। अब छुट्टी मनाने की उनकी बारी थी। उन्होंने मेरा आवेदन पुरानी तारीख से ले लिया। अब वे तीसरी से पाँचवीं कक्षा को पढ़ा रहे थे और खिचड़ी-दलिया खा रहे थे। परंतु मैंने उसी दिन से स्कूल का खिचड़ी-दलिया खाना बंद कर दिया था जब उसके बारे में मेरे सहशिक्षक ने बताया था। मैंने प्रधानाचार्य महोदय से पूछा कि श्रीमानजी, जब बच्चे स्कूल आते ही नहीं तो खिचड़ी-दलिया हेतु उनकी उपस्थिति लगाना कहाँ तक उचित है? उन्होंने मुझे घूरते हुए उत्तर दिया कि यह खिचड़ी-दलिया के लिए नहीं है। यदि बच्चों की उपस्थिति नहीं लगेगी तो सरकार प्रश्न तो करेगी ही, हम सबका प्रदर्शन खराब हो जाएगा एवं न तो हमें पदोन्नति मिलेगी, न ही विद्यालय को सरकारी सहायता। उन्होंने बताया कि सरकारी सहायता के रूप में पुस्तकें, स्कूली बस्ते एवं अनुसूचित जाति-जनजाति के बच्चों को प्रतिदिन के दो रुपये अतिरिक्त मिलते हैं। यदि बच्चों की उपस्थिति पूरी नहीं होती तो प्रधानाचार्य एवं शिक्षकों को कारण बताओ नोटिस तो मिलता ही है, उन्हें मुअत्तिल तक कर दिया जाता है। मैंने उनसे कहा, 'तो हम गाँव वालों को समझा सकते हैं कि वे अपने बच्चों को पढ़ने स्कूल भेजें। इस पर प्रधानाचार्य जी ने कहा कि सभी बच्चे गाँव में होंगे तो ही न स्कूल आएंगे। वे तो अपने माँ-बाप के साथ मजदूरी करने बड़े शहरों

में पलायन कर चुके हैं। दो रुपये रोज से तो उनके परिवार का खर्च तो नहीं चल सकता। वे करें भी तो क्या?

अब मेरा सिर चकराने लगा था। जितना सरल गणित मैंने सोचा था, उतना ही कठिन होता जा रहा था। मुझे लगा कि या तो यह सब इन प्रधानाचार्य महोदय एवं इस स्कूल के शिक्षकों का अपना गणित है अथवा केवल इस गाँव की समस्या। क्योंकि मैं इस स्कूल में घुटन महसूस करने लगा था, अत: प्रधानाचार्य जी से मैंने कहा कि मैं यह सब नहीं कर पाऊँगा। अच्छा हो यदि आप मेरा तबादला करवा दें। उन्होंने कहा कि ठीक है, जब तक तुम्हारा तबादला नहीं हो जाता, तुम सभी बच्चों की उपस्थिति लगाते रहो। मैंने उनकी यह बात मान ली।

उन्होंने मुझसे आवेदन लिखवाया। गाँव के प्रधान जी से बात की और पंद्रह दिन में ही मेरा तबादला ऐसे गाँव में हो गया जो सड़क से दस किलोमीटर अंदर था। फिर भी मैं प्रसन्न था कि अब मुझे न तो बच्चों की अनावश्यक उपस्थिति लगानी पड़ेगी और न ही वहाँ शिक्षक अनुपस्थित रहते होंगे। जैसे ही आदेश आया, मैं अगले दिन नए स्थान पर पहुँच गया।

नए स्कूल में पहुँचा तो देखा कि मेरी ही उम्र के दो शिक्षक स्कूल संभाल रहे थे। लगा कि स्थिति पुराने स्कूल से कुछ अच्छी है क्योंकि यहाँ दो शिक्षक तो थे। मैंने उन्हें बताया कि मेरा तबादला उनके स्कूल में हो गया है, तो उन्होंने बताया कि मुझे प्रधानाचार्य महोदय से टेलीफोन पर बात कर लेनी चाहिए। वे दोनों तो प्रधानाचार्य महोदय एवं अन्य शिक्षकों द्वारा नियुक्त किए गए हैं। यह सुनकर मैं अवाक रह गया। पूछने पर उन्होंने बताया कि शिक्षकों का वेतन तो बीस-पच्चीस हजार रुपये प्रतिमाह है, परंतु वे हमें दो हजार रुपये प्रतिमाह देते हैं और हम बच्चों को पढ़ाते हैं। शिक्षक तो माह-दो माह में एक-दो घंटे के लिए ही आते हैं और अपना व्यवसाय कर रहे हैं। पूछने पर उन्होंने बताया कि खिचड़ी-दलिया का हाल बहुत खराब है। वह तो रोज मिलता भी नहीं है। बच्चों की उपस्थिति तो वे लगाते ही नहीं। वह तो शिक्षक स्वयं तब लगा लेते हैं, जब वे आते हैं। यह सुनकर मेरी स्थिति ऐसी हो रही थी जैसे कुएं से निकलकर मैं खाई में गिर गया था। जब मैंने प्रधानाचार्य महोदय से मोबाइल फोन पर बात की तो उन्होंने साफ शब्दों में कह दिया कि या तो मुझे चुपचाप उनकी सभी बातें मान लेनी चाहिए अथवा इस्तीफा देकर घर वापिस चले जाना चाहिए।

शाम को अनमने मन से मैं घर पहुँचा। घर में मैंने पिताजी से बात की। वैसे तो वे कम पढ़े-लिखे थे, परंतु उन्होंने मुझे शिक्षा दी कि बेटे, नदी के

बहाव के साथ चलोगे तो प्रतिरोध नहीं सहना पड़ेगा और हमारे घर की यह स्थिति नहीं है कि हम प्रतिरोध कर सकें। कुछ सोचकर मैं अगले दिन स्कूल पहुँचा और ऐसे लड़के से बात की जो दो हजार रुपये में पढ़ा रहा था। मैंने उससे सौदा कर लिया कि वह मेरी कक्षा को भी पढ़ा दे, इसके बदले में मैं उसे पंद्रह सौ रुपये प्रत्येक माह दूँगा। मेरे गणित के अनुसार यह सौदा फायदे का था क्योंकि एक माह का स्कूल आने-जाने का खर्च दो हजार रुपये पड़ रहा था, समय बरबाद अलग। मैंने यह भी गणित लगा लिया कि खाली समय में मैं कोई व्यवसाय कर लूँगा और अतिरिक्त कमाई भी हो जाएगी। मैंने प्रधानाचार्य महोदय को भी बता दिया। वे मेरी बात सुनकर प्रसन्न हो गए और बोले, 'बेटा, चिंता मत करो, सब ठीक हो जाएगा।'

अब मैं शहर जाकर दस बच्चों को ट्यूशन पढ़ाता हूँ। मैंने गणित लगाया कि लगभग अठारह हजार रुपये वेतन के बच जाते हैं और इतने ही ट्यूशन से आ जाते हैं, आने-जाने का खर्च काटकर। अत: मैं किसी प्रधानाचार्य से भी अधिक कमाई कर रहा हूँ।

अब मेरे पास समय ही नहीं है यह सोचने के लिए कि मेरा गणित बच्चों के भविष्य पर कितना भारी पड़ रहा है?

उफ! कितना खौफनाक सपना था?

❋ ❋ ❋

चेहरा

शाम को दफ्तर से घर के लिये निकल ही रहा था कि एक सज्जन आ गये।

'सर, मेरी फाइल आपके पास पड़ी है, कृपया आगे बढ़ा दें।'

'ठीक है, बढ़ा दूँगा, परंतु दो हजार रुपये लगेंगे।'

उन्होंने दो हजार रुपये दे दिये। मैंने रुपये जेब में डाले और घर के लिए निकल पड़ा। साथ में मेरा एक साथी भी था।

रास्ते में लाल बत्ती पर मैंने गाड़ी निकाल ही दी जब पीली बत्ती से लाल हो ही रही थी, हो रही क्या, हो ही गई थी। मोड़ पर ही पुलिस वाले ने रोक लिया।

पुलिस वाला चालान काटने लगा, सौ रुपये का चालान। मैंने बीस रुपये देने चाहे तो उसने पचास माँगे। दो हजार में से मैंने पचास रुपये उसे दे दिये।

कार में बैठते ही मैंने अपने साथी से कहा कि देखो पुलिस कितनी भ्रष्ट --, कहते कहते मैं रुक गया क्योंकि एकदम से मुझे पुलिस वाले के चेहरे में अपना चेहरा दिखने लगा था।

आस-पड़ोस की लघु कहानियाँ

तीन बंदर

एक दिन स्वप्न में देखा कि घर से तीनों बंदर गायब हो गये।

सारा शहर छान मारा, पर बंदर न मिले। ऐसा पहले कभी नहीं हुआ था। बंदर अपनी जगह से इतने वर्षों में हिले भी नहीं थे, अत: अचम्भा हो रहा था कि आखिर वे गए कहाँ ?

तभी एक दिन वनांचल टीवी के चैनल में वे दिखाई दिये तब कहीं उनकी असलियत का पता चला।

हुआ यह कि बंदरों के पास एक सप्ताह पहले एक प्रस्ताव आया जो उन्होंने सबसे गुप्त रखा। वन के राजा का प्रस्ताव था और उन्हें मंजूर था, अत: रातों-रात वे घर छोड़कर भाग गये। उनका मानना था कि जब इतने वर्षों से वे गूंगे, बहरे और अंधे बनकर रह रहे थे तो क्यों न इस अनुभव का उपयोग करें।

वन में सर्वसम्मति से एक प्रस्ताव पास हो गया था कि वन का राजा दो बार से अधिक राज नहीं कर सकता। वन का राजा शेर अब स्वयं राजा नहीं बन सकता था, अत: उसने सोचा क्यों न ऐसे प्राणियों को राजकाज दिया जाये जो उसका आदेश मानें जिससे उसका हित साधा जा सके। इस कारण ही बंदरों को प्रस्ताव भेजा गया था।

शेर ने आँख बंद रखने वाले बंदर को गृह मंत्री बनवा दिया जिससे उसे अपराध और अपराधी न दिखाई दें, कान बंद रखने वाले को खाद्य मंत्री जिससे उसे महंगाई से परेशान प्राणियों की आवाज न सुनाई दे और मुँह बंद रखने वाले बंदर को मुख्य मंत्री बना दिया जिससे वह केवल देख और सुन सकें पर बोले नहीं।

शेर अब भी शेर था, भले ही कागज पर उसकी सत्ता नहीं थी।

∗ ∗ ∗

समानता

कल रामलीला का आयोजन हुआ। उन्होंने पाँच हजार रुपये का चंदा दिया, इस शर्त पर कि उन्हें आगे के सोफे पर बैठाया जाएगा और उनका भाषण भी होगा।

आयोजनकर्ता मान गए और सबसे पहले उनका भाषण हुआ जिसमें उन्होंने इसका भी जिक्र किया कि उन्होंने पाँच हजार रुपये का दान भी दिया है।

उन्हें आगे के सोफे पर बैठा दिया गया। वैसे वे एक नेता थे जो आजकल विपक्ष में थे और सरकार के खिलाफ आंदोलन चला रहे थे।

रामलीला समाप्त होने के पहले आरती हुई। तभी पीछे से एक सज्जन आगे आए और आरती में दस हजार रुपये चढ़ा गये। न उन्होंने आगे बैठने की माँग की थी और न ही भाषण देने की। आयोजनकर्ता दस हजार रुपये देखकर हैरान थे।

तभी किसी ने उन्हें पहचान लिया। वे स्वतंत्रता संग्राम के एक नेता थे जिन्होंने अंग्रेजी शासन के खिलाफ आंदोलन किया था।

क्या अच्छा होता यदि दोनों नेताओं की विचारधारा में समानता होती?

✳ ✳ ✳

बेईमान

वह प्रत्येक वर्ष प्रथम श्रेणी में पास होता एवं कक्षा में प्रथम आता। वैसे वह मध्यमवर्गीय परिवार से था। पिताजी एक विद्यालय में शिक्षक थे, अत: सदाचार की भी उसमें कमी नहीं थी। विद्यालय में सभी शिक्षकों का प्रिय छात्र तो था ही, उसके साथी छात्र भी उससे प्रसन्न रहते क्योंकि जब भी कोई उससे कोई प्रश्न हल करवाता, वह उसकी सहायता अवश्य कर देता।

जब वह बारहवीं का छात्र था तो एक शिक्षक ने उससे पूछा कि वह आगे क्या बनेगा? उसने तपाक से उत्तर दिया, 'इंजीनियर।' उस शिक्षक ने उसकी पीठ ठोंकी और कहा, 'बेटा, तुम अवश्य इंजीनियर बनोगे। यह मेरा आशीर्वाद है।' यह बात अन्य शिक्षकों एवं विद्यार्थियों को पता चल गई। फिर क्या था, बिना बारहवीं पास किए ही, सब उसे इंजीनियर साहब कहने लगे। वैसे उसे समझ नहीं आया कि उसे इंजीनियर साहब कहकर लोग चिढ़ा रहे हैं अथवा सम्मान दे रहे हैं, फिर भी उसे यह संबोधन अत्यंत प्रिय लगता।

बारहवीं की परीक्षा देकर वह इंजीनियर बनने हेतु परीक्षा में सम्मिलित हुआ। अब उसका भाग्य कहिए अथवा उसकी मेहनत, वह बारहवीं की परीक्षा में तो प्रथम आया ही, इंजीनियरिंग की परीक्षा में भी प्रथम आया। अब उसे मनपसंद ब्रांच मिलनी ही थी, तो उसने सिविल इंजीनियरिंग ले ली। उसे लगता था कि इंजीनियरिंग तो सिविल इंजीनियरिंग ही होती है जिसमें सड़कें, भवन, बांध, पुल और नहरें बनाई जाती हैं। आखिर उसने अपने छोटे से नगर में इसके अतिरिक्त कुछ देखा ही नहीं था। उसे याद था कि उसने फिल्मों में भी इंजीनियरों को सिविल इंजीनियरिंग करते ही देखा था।

इंजीनियरिंग कालेज में जाकर उसने कड़ी मेहनत की। छोटे से शहर के बच्चे को जो हिंदी माध्यम से आया हो, इंजीनियरिंग की पढ़ाई पहाड़ से कम नहीं लगती क्योंकि उसे अंग्रेजी में पढ़ना ही नहीं लिखना भी पड़ता है। वह कुशाग्र बुद्धि तो था ही, पहले वर्ष प्रथम श्रेणी में पास ही नहीं हुआ, कक्षा

में द्वितीय स्थान पर आया। एक हिंदी माध्यम वाले बच्चे के लिए जिसे कक्षा में विषय पढ़ने एवं परीक्षा में लिखने में कठिनाई होती हो, यह गौरव की बात थी। अगले वर्ष तो वह कक्षा में प्रथम रहा एवं फिर उसने पीछे मुड़कर नहीं देखा एवं अंतिम वर्ष भी कक्षा में प्रथम रहा।

इंजीनियरिंग की डिग्री पाकर वह अत्यंत प्रसन्न हुआ। परंतु जब उसे नौकरी नहीं मिली तो उसे समझ में आया कि डिग्री से नौकरी नहीं मिलती, डिग्री लेकर नौकरी ढूंढ़नी पड़ती है। वह डिग्री लेकर दो-चार सरकारी विभागों में गया भी जहाँ उसे बताया गया कि जब खाली जगह निकलें तो फार्म भरिए। अब उसकी बेचैनी बढ़ने लगी क्योंकि घर से वह पैसे मँगाना नहीं चाहता था एवं उसके पैसे खर्च हो रहे थे। उसे छात्रावास भी जल्दी ही खाली करना था। तभी उसके एक दोस्त ने बताया कि उसके पिताजी एक ठेकेदार है। मैं पिताजी से बात कर लूँगा, तू कुछ दिन वहीं नौकरी कर ले। उसे और क्या चाहिए था, उसने तुरंत हाँ कर दी। उसके मित्र ने उसकी नौकरी का जुगाड़ कर दिया।

लगभग एक माह बाद एक सरकारी विभाग में रिक्तियाँ निकलीं तो उसने फॉर्म भर दिया। परीक्षाफल आने में करीब एक वर्ष लग गया। उसका चयन होना ही चाहिए था और हुआ भी वही। वह चुन लिया गया, भले ही लोग कहते हों कि बिना लिए-दिए कुछ नहीं होता।

अब वह एक सरकारी विभाग में सहायक अभियंता बन गया था। फाइलें आयीं तो उसे पहले तो कुछ समझ ही नहीं आया, परंतु कुछ दिन बाद वह उनमें भी पारंगत हो गया। वह ईमानदारी से कार्य करता और मेहनत से भी। वह कार्य स्थल पर जाता एवं जहाँ भी गुणवत्ता में कमी पाता, अपने मातहत कनिष्ठ अभियंताओं एवं ठेकेदारों को उसे ठीक करने के निर्देश दे आता। परंतु उसे ऐसा लगता कि ठेकेदार थोड़ा-बहुत दिखाने के लिए ही कार्य की कुछ कमियाँ ठीक कर देते एवं उसके अगली बार जाने के पहले ढक देते। कनिष्ठ अभियंताओं का कहना था कि उन्होंने 'डिफेक्टस' ठीक करवा दिए हैं।

आगे की कहानी, उसकी ही जुबानी।

एक दिन ठेकेदार का बिल आया। उसका भुगतान करना था। एक कनिष्ठ अभियंता ने बिल बना कर भेजा था। अभी वह उसकी मेज पर आया ही था कि ठेकेदार ने अंदर आने की अनुमति माँगी। अनुमति पाकर वह कुर्सी पर बैठ गया और बोला, 'सर, मेरा बिल आया है।' लगा कि बिल एवं ठेकेदार का पक्का गठजोड़ था, हो सकता है, दरवाजे तक वह स्वयं लाया हो। मैंने कहा,

'ठीक है, मैं साइट पर जांचकर साहब को भिजवा दूँगा।' तो वह मुझे एक बंद लिफाफा पकड़ाने लगा। मेरे पूछने पर ठेकेदार ने बताया कि सर, यह नजराना है, इसे रख लें। मुझे तुरंत समझ में आ गया कि उसके अंदर क्या होगा? मैंने उसे शालीनतापूर्वक लिफाफा लेने से मना कर दिया और उसे आश्वस्त कर दिया कि यदि उसने कार्य ठीक से किया है तो उसका भुगतान हो ही जाएगा। यह सुनकर उसने लिफाफा अपने जेब में डाला और वापिस चला गया।

उस दिन के पश्चात्, मेरे पास कोई भी ठेकेदार नहीं आता। शायद पहले ठेकेदार ने न केवल सरकारी अधिकारियों एवं कर्मचारियों को यह बात बतला दी थी, अपितु अन्य ठेकेदारों को भी। एक साथी ने मुझे बताया कि मेरा नाम ईमानदार रख दिया गया है। उसे यह नाम भी प्रिय लगा जैसे स्कूल के दिनों में इंजीनियर।

कुछ दिनों बाद मैंने महसूस किया कि मेरे एवं कनिष्ठ अभियंताओं, मेरे साथियों एवं उच्च अधिकारियों के रहन-सहन में काफी अंतर था। जो वेतन मिलता था, उसमें मेरा रहन-सहन उनके साथ सामंजस्य नहीं बैठा पा रहा था, फिर भी मैंने कभी इसकी चिंता नहीं की।

मेरे कई रिश्ते आ रहे थे। पिताजी ने एक रिश्ते की बात चलाई, मुझे भी लड़की पसंद आ गई तो वह पत्नी बनकर मेरे घर आ गई। कुछ दिन रहकर ही वह बोली कि आपका रहन-सहन तो इंजीनियर जैसा है ही नहीं, लगता है कि आप भी अध्यापक हैं। फिर कुछ सोचकर उसने मुझे आश्वस्त किया कि वह मुझ पर कटाक्ष नहीं कर रही है एवं मेरे साथ हर हाल में खुश रहेगी। मैंने अपने 'निकनेम' के बारे में भी उसे बता दिया। 'ईमानदार' वाला नाम सुनकर उसने कोई प्रतिक्रिया व्यक्त नहीं की। हमारी गाड़ी ठीक-ठाक सी चलने लगी। कभी-कभी मन अपनी एवं अपने साथियों की स्थिति की तुलना करने लगता, परंतु मेरा 'निकनेम' उस तुलना पर भारी पड़ता। इसी उधेड़बुन में कब पाँच वर्ष व्यतीत हो गए, मुझे पता ही नहीं चला।

हमारा बेटा अब तीन वर्ष का था और मुझे उसके दाखिले की चिंता सताने लगी थी। पत्नी ने बताया था कि अच्छे स्कूल में दाखिले के लिए कम से कम पचास हजार रुपये देने पड़ेंगे एवं दो हजार रुपये माह फीस अलग। मुझे लगा कि मेरा सारा हिसाब गड़बड़ा गया है। पिछले पाँच वर्ष घर भी कुछ रुपये भेजता रहा था जिससे बहनों के विवाह सम्पन्न हुए थे, अतः बैंक में मेरी जमापूंजी लगभग न के बराबर थी।

अगले माह की पहली तारीख को बेटे के दाखिले हेतु जाना था और रुपये कैसे? कैसे? कुछ समझ नहीं आया। रात भर नींद नहीं आई। सुबह पाँच बजे सोया और आठ बजे उठ गया। तैयार होकर कार्यालय पहुँचा। आज कार्यालय में भी मन नहीं लग रहा था। किससे पैसे माँगू, किसी कनिष्ठ अभियंता से नहीं, मेरे मन ने गवाही नहीं दी। साहब से? नहीं, साहब से पैसे माँगना अच्छा नहीं लगेगा। किसी साथी से? फिर देने तो पड़ेंगे। कहाँ से लाऊंगा? क्या करूँ, बेटे को किसी सरकारी स्कूल में.......? नहीं, नहीं। मन में कई विचार आ रहे थे, जा रहे थे। कोई विचार ठहरने का नाम ही नहीं ले रहा था।

तभी एक ठेकेदार ने दरवाजे पर दस्तक दी। पहली बार इस ठेकेदार ने कार्य लिया था। आकर सीधे कुर्सी पर बैठ गया। बोला, 'सर, मेरा भुगतान करा दीजिए। कनिष्ठ अभियंता बिल नहीं बना रहा है। वह कह रहा है कि आपने बिल बनाने से मना किया है क्योंकि कार्य की गुणवत्ता बहुत खराब है।'

पता नहीं क्यों मुझे लगा कि भगवान ने मेरे लिए ही उसे मेरे पास भेजा हो। मैंने उससे कहा कि पचास हजार रुपये लगेंगे, भुगतान हो जाएगा। वह बोला, 'ठीक है सर, कल रुपये लेकर आऊँगा।' मेरी भी चिंता दूर हो गई कि बेटे के दाखिले का इंतजाम हुआ ही समझो।

अगले दिन वह ठेकेदार आया और उसने मुझे पचास हजार रुपये दिए भी। मैंने रुपये लेकर दराज में रखे ही थे कि कुछ लोग कमरे में घुस आए। उन्होंने बताया कि वे भ्रष्टाचार निरोधक शाखा से हैं और उनके पास शिकायत आई है कि बिल भुगतान के लिए आपने पचास हजार रुपये लिए हैं। मुझे 'रेड हैंडिड' पकड़ लिया गया।

आगे की बात आप समझ ही गए होंगे कि मुझे जेल भेज दिया गया। रातों-रात मेरा नाम 'ईमानदार' से 'बेईमान' रख दिया गया।

कमाल की बात यह है कि मैंने आज तक बेईमानी का एक पैसा भी अपने अथवा अपने परिवार के ऊपर खर्च नहीं किया था फिर भी मेरा नाम 'बेईमान' रखा गया था, वह भी उन लोगों द्वारा जिन्होंने बेईमानी के पैसे से ही महल खड़े किए थे एवं राजसी ठाट-बाट के साथ रहते थे।

* * *

आस-पड़ोस की लघु कहानियाँ

असलियत

कल नये भवन का उद्घाटन होना था। काम समाप्त करते-करते रात के बारह बज गए थे। बेचारे मजदूर भी थक गए थे। अचानक एक समस्या खड़ी हो गई, शौचालय के सीवर का जोड़ नहीं हो पा रहा था क्योंकि लाइन में बीच में रिसाव हो रहा था। अब नेताजी को शौचालय जाना पड़ा तो... खतरा ही खतरा। क्या किया जाये?

समस्या साहब को बताई गई जो अभी-अभी निरीक्षण के लिये आये थे। साहब के तोते भी उड़ने लगे। फिर यह तय हुआ कि एक पोर्टेबल टॉयलेट का इंतजाम किया जाये।

रात को ही किसी से बात की गई। उसने पोर्टेबल टॉयलेट का एक दिन का किराया सात हजार रुपये बताया। अब इस आपातकालीन स्थिति में कुछ किया भी नहीं जा सकता था, अत: साहब ने हाँ कर दी।

सुबह दस बजे उदघाटन था, अत: साहब एवं अन्य अधिकारी सात बजे कार्यस्थल पर थे। साहब को रात भर नींद नहीं आई थी यदि पोर्टेबल टॉयलेट न आया तो...।

ठेकेदार आठ बजे पोर्टेबल टॉयलेट ले आया। उसने दो मजदूर उसे लगाने और उसका सीवर लाइन से जोड़ करने के लिए लगा दिये। परंतु जैसे-जैसे उद्घाटन का समय पास आ रहा था, साहब की बेचैनी बढ़ती जा रही थी। वे स्वयं वहीं पहुँच गए और मजदूरों से पूछने लगे, 'अभी और कितना समय लगेगा?'

एक मजदूर ने बताया, 'साहब, बस बीस मिनट में हो जाएगा।' इसके बाद उसने साहब से पूछ लिया, 'साहब, क्या समारोह में हम अपने बच्चों को ला सकते हैं। यदि उन्हें दो-दो लड्डू मिल जाएंगे तो वे खुश हो जाएंगे। कुल दस किलो लड्डुओं में काम चल जाएगा।'

साहब ने कहा, 'बिलकुल नहीं, लड्डुओं का खर्च कौन देगा?' मजदूर चुप हो गया।

दस मिनट बाद साहब अकेले फिर वहीं चले गए, देखने कि कितना काम हुआ है? उस समय मजदूर पीछे काम कर रहे थे। उन्होंने साहब को नहीं देखा। साहब ने सुना कि एक मजदूर दूसरे से कह रहा था कि जल्दी काम कर नहीं तो साहब फिर आकर खोपड़ी पर खड़ा हो जाएगा। इस पर दूसरा मजदूर बोला, 'अरे, काहे का साहब? इससे अच्छे तो भंडारे वाले हैं जो गरीब बच्चों को खिलाते तो हैं। इसने तो अपनी असलियत दिखा दी, बच्चों को बांटने के लिए आठ सौ रुपये के लड्डू के लिए पैसे की बात करता है और हगने-मूतने के डिब्बे पर सात हजार खर्च कर रहा है।'

समबुद्धि

कहते हैं कि विवाह दो परिवारों के विश्वास एवं मिलन का प्रतीक होता है। परिवार के दो मुखियाओं को समधी कहा जाता है। समधी अर्थात् समधि, तात्पर्य समबुद्धि वाले अथवा समान सोच वाले। शायद इसलिये यह भी कहा जाता है कि विवाह समान स्तर वालों में होने से अच्छा होता है क्योंकि उनकी सोच एक जैसी होती है, खास तौर पर समधियों की। स्तर का मतलब यहाँ बुद्धि से है। समधियों की सोच एक जैसी होगी तो उनके बच्चों की भी।

आजकल बड़ी मुश्किल से समधी मिलते हैं मतलब विवाह होता है। कहते हैं कि पुराने जमाने में नाई और पंडित रिश्ता तय कर आते थे, परंतु अब तो ये बातें केवल इतिहास की बातें हैं।

अभी कुछ दिन पहले ही की बात है, मेरे जानकार के रिश्ते की। सर्वप्रथम लड़के के भाई, सगे व चचेरे सभी लड़की देखने आये। अब उनमें उतनी परिपक्वता तो हो नहीं सकती जो वैवाहिक सम्बंध तय करने में आवश्यक होती है, परंतु लड़की वाला कुछ कर भी तो नहीं सकता, केवल मन मसोस कर रह गया। लड़की ठीक है, परंतु उसकी नाक थोड़ी लम्बी है, आँखें तो ठीक हैं पर माथा थोड़ा चौड़ा है, रंग गोरा तो नहीं है, परंतु चलो कोई बात नहीं। लड़की दुबली है, तो किसी का कहना था–आजकल मोटी लड़कियाँ पसंद नहीं की जातीं। प्रतीत हुआ कि लड़के कोई फिल्म देख रहे हैं और अपने विचार व्यक्त कर रहे हैं।

अब लड़की देखने की बारी लड़के के माँ-बाप की थी। माँ-बाप के साथ उनके भाई-भाभी, साले-साली भी तो आने ही थे, तो आ गये। इन्हें लड़की से अधिक दहेज की फिक्र थी। लड़की तो ठीक है, परंतु स्वागत सत्कार। जबलपुर वाले आये थे, बीस लाख कह गये, हमने तो न कर दी। हमने अपनी बेटी की शादी में बीस तोले सोना और दस लाख नकद दिए थे। बाकी खर्च आप ही लगा लो। आपके चाचाजी कह रहे थे कि जितना आपने दिया था, उससे अधिक ही मिलेगा।

पूरी सौदेबाजी। सौदेबाजी ऐसी कि लड़की वालों को निचोड़ ले। इसके लिये बाकायदा वे एक विशेषज्ञ साथ लाये थे जो उनके ही रिश्तेदार थे। औरतें कह रही थीं, बेटी पढ़ी-लिखी है, वह तो ठीक है, पर उसे खाना बनाना आता है कि नहीं? क्या-क्या बना लेती है? सिलाई-कढ़ाई आती है या नहीं? इसके बावजूद कि उन्होंने स्वयं कब सिलाई-कढ़ाई की थी, उन्हें याद नहीं आ सकता क्योंकि की हो तो ना। सौदा हो गया तो औरतों की सिलाई-कढ़ाई गई चूल्हे में।

अगला नम्बर था - लड़के का। लड़का स्वयं लड़की देखेगा। जब उनका परिवार अकेला नहीं आता तो साहबजादे अकेले कैसे आते? लड़के के हाव-भाव राजकुमारों से कम नहीं थे। उसे न तो घर अच्छा लगा, न ही घर वाले। उसने ऐसा प्रदर्शन किया कि वह यहाँ विवाह करके एहसान कर रहा है। लड़की से उसने कुछ प्रश्न पूछे, जैसे ग्रेजुएशन कहाँ से किया? अच्छा वह कालेज, वह तो गुंडो का कॉलेज है, हा हा हा। वहाँ तो नकल ही नकल ही होती है। हा हा हा। पता नहीं, इतना ज्ञान तो उस कालेज के प्रिंसिपल को भी नहीं होगा जितना उसे था और था भी या नहीं, यह तो वह ही जाने। ऊपर से बिना मतलब की हँसी।

सब कुछ तय हो गया, संबंध भी। लड़की वालों ने क्या मुहल्ला, क्या नगर, सारे रिश्तेदारों में भी ढिंढोरा पीट दिया कि उनकी बेटी का संबंध एक बहुत बड़े घराने में हो गया है जैसे उससे बड़ा न तो कोई घर इस धरा पर कभी था और न ही कभी होगा। निमंत्रण पत्र छपने ही वाले थे कि होने वाले समधीजी का संदेश आ गया कि सगाई निमंत्रण पत्र छपने के पहले होगी। लड़की के पिता होने वाले समधी के घर भागे। फरमान मिला कि सगाई दो दिन बाद ही करनी पड़ेगी। लड़के वालों को कोई भरोसा नहीं था कि लड़की वाले दरवाजे पर बारात आने पर पूरा दहेज देंगे? इसके अलावा लड़के वालों को दहेज पर होने वाले खर्च पर भी विश्वास नहीं था, इसलिये वे चाहते थे कि उन्हें केवल नकद नारायण चाहिये, न सोना, न चाँदी, न सामान। उनका कहना था कि वे स्वयं सब कुछ खरीद लेंगे। लड़की के पिता के पास अब कोई चारा नहीं था, बेचारा केवल हाँ ही कह पाया। लड़के के भाई ने भी नहले पे दहला जड़ा, 'पता नहीं, आप बारात का स्वागत कैसे करेंगे, आप एक काम करिये कि आप लड़की लेकर इसी शहर में आ जाइए। हम सारा इंतजाम करवा देंगे।' लड़की के पिता को लगा - चलो, लड़के के भाई ने कुछ तो उसके पैसे बचाए, परंतु

आगे का वाक्य सुनकर उसका भ्रम दूर हो गया। 'बारात के स्वागत, खाने-पीने एवं सजावट का खर्च भी आप सगाई के दिन ही दे दीजिये', बेटे का कहना था। सही कहते हैं कि बाप के संस्कार बेटे में आते हैं।

यह सुनकर लड़की के पिता को तो एकबारगी समझ नहीं आया कि दुल्हन वर होगी या दूल्हा, क्योंकि वर की बारात वधु के घर आती है, न कि वधू विवाह के लिये दूल्हे के घर जाती है। कुछ भी हो, रिश्ते का इतना ढिंढोरा पहले ही पीट चुके थे कि 'हाँ' के अतिरिक्त कुछ कहने के लिये बचा ही नहीं था, सो हाँ कह दिया। जाते-जाते लड़के के भाई ने बता दिया कि बारात पाँच सौ से ऊपर ही होगी, परंतु हम आपसे खाने का खर्च केवल पाँच सौ लोगों का ही लेंगे। वाह री दरियादिली। उसे पता था कि यदि उनके घर आते तो आने-जाने का इतना खर्च होता कि तीन सौ लोगों की बारात लाने में पसीने छूट जाते।

सगाई हो गई, विवाह भी। विवाह ऐसा हुआ कि सब कुछ यांत्रिक रूप से हो रहा हो। लड़के के पिता एवं भाई ही कह रहे थे कि सजावट अच्छी है, खाना अच्छा है, बाकी सब को लग रहा था कि क्या बकवास इंतजाम है? लड़के वालों ने पैसे लेकर भी कोई दहेज नहीं खरीदा था। ऊपर से कह रहे थे कि वे तो दहेज विरोधी हैं और उन्होंने तो लड़की देखकर ही विवाह कर लिया अन्यथा उनके पास रिश्तों की कोई कमी नहीं थी। ऐसे-ऐसे रिश्ते आ रहे थे कि वे दहेज से घर भरने को तैयार थे। हाँ, लड़की का पिता अवश्य अपने खास रिश्तेदारों को कह रहा था कि लड़के वाले न केवल कंजूस हैं, बल्कि दहेज के लालची, झूठे और मक्कार भी हैं।

विवाह को दो वर्ष बीत चुके हैं। अब लड़के को ससुराल अच्छी लगती है और ससुराल वाले भी। घरवाले उसे अब घरवाले नहीं रिश्तेदार लगते हैं। आज वह अपनी ससुराल आया है और आज ही उसके साले के रिश्ते के लिये एक लड़की वाला आया है।

उसने सुना कि उसके ससुर जी कह रहे हैं, पहले लड़की बच्चे एवं हमारे दामाद जी देखेंगे, उसके बाद हम लोग और बाद में बेटा देख लेगा। हाँ, झाँसीवाले तीस लाख देने को कह रहे थे, लेकिन हमने हाँ नहीं की। लड़की भी तो देखेंगे। वैसे हमने दो साल पहले अपनी बेटी की शादी में तीस लाख खर्च किये थे।

अब समझ में आ गया कि भगवान सही जगह रिश्ता जुड़वाता है, जैसे इस मामले में दोनों समधी सही मायने में समधी थे, समान सोच वाले।

होड़

उनके पिता बचपन में ही चल बसे थे। दोनों की उम्र में केवल तीन वर्ष का ही अंतर था और बड़े की उम्र भी क्या थी, केवल दस वर्ष। माँ ने उन्हें पाला-पोसा। बेचारों का बचपन बड़ी गरीबी में बीता।

दो कमरे का मकान, उसी में रसोई, बैठक और शयन कक्ष। शहरों में तो बैठने का कमरा अलग, सोने का अलग, खाने का अलग और पूजा का अलग, पर गाँवों में तो कोई भी कमरा कुछ भी बन जाता है, रसोई को छोड़कर। कभी-कभी तो रसोई भी वही, सोने का कमरा भी वही। यदि गरीबी हो तो काहे के चोंचले?

माँ और दोनों बेटे एक ही कमरे में सो जाते और यदि कोई मेहमान आ गया तो बिस्तर रसोई में भी लग जाता। न कुर्सी, न मेज और न गैस चूल्हा। बस ले-देकर एक खाट जो मेहमानों के लिये ही बिछाई जाती, नहीं तो धरती अपनी माँ।

पढ़ने से अधिक आवश्यकता थी, कमाने की। अत: दोनों बच्चों ने छोटा-मोटा धंधा आरम्भ किया वह भी इतनी छोटी उम्र में। घर में अचार, बड़ियाँ और पापड़ बनाए जाते, फिर उन्हें बाजार में एक दुकान पर दे आते। इसी तरह घर एवं पढ़ाई का खर्च चल रहा था।

जब बड़े ने दसवीं पास कर ली तो उसने ट्यूशन भी पढ़ाना आरम्भ कर दिया। इससे कुछ अतिरिक्त आमदनी तो हुई, परंतु पढ़ाई एवं घर के खर्च में स्वाहा हो गयी।

इतनी तंगी के बावजूद उस परिवार में एक अच्छाई थी कि दोनों भाईयों में न तो कभी झगड़ा हुआ और न दोनों ने कभी अपनी माँ की कोई बात टाली। माँ का कथन उनके लिये ब्रह्मवाक्य था। इतनी गरीबी के बावजूद उन्होंने यह हिसाब कभी नहीं रखा कि कौन कितना कमा रहा है, कौन कितना खर्च कर रहा है और कौन कितनी मेहनत कर रहा है?

धीरे-धीरे उनका धंधा जमने लगा और कुछ पैसे भी बचने लगे तो उन्होंने बाजार से कपड़े खरीद कर घर से बेचना शुरू कर दिया। इसमें माँ का सबसे अधिक योगदान था क्योंकि वह घर में ही रहती थी और आसपास की औरतें दिन में आकर कपड़े खरीद ले जातीं। क्योंकि वे बाजार से थोक में कपड़े लाते और सस्ते में बेचते तो उनका यह धंधा भी चल निकला।

जब तक बड़े ने स्नातक किया तब तक उनके पास अपनी एक दुकान थी और कपड़े का जमा-जमाया धंधा। स्नातक कर उसने नौकरी नहीं की और पूर्णतया व्यवसाय में लग गया। जब तक छोटा भाई व्यवसाय में आया, उनके पास बाजार में दो-दो दुकानें थीं।

दोनों भाई मन लगाकर व्यवसाय करने लगे। देखते ही देखते उन पर लक्ष्मीजी की ऐसी कृपा हुई कि वे नगर के नामी-गिरामी लोगों में शुमार हो गये। जब तक बड़े की उम्र पच्चीस की हुई, तब तक उनके कई व्यवसाय चल रहे थे।

उन दोनों का विवाह सम्पन्न हो गया तो उन्हें ससुराल वालों से भी सहारा मिला। पाँच वर्ष में ही वे प्रदेश के जाने-माने व्यवसायी बन चुके थे और करोड़पति भी। फिर भी अभी तक वे साथ-साथ रह रहे थे।

अब बड़े ने अपना व्यवसाय राष्ट्रीय स्तर पर आरम्भ किया तो छोटे ने भी। कुछ ही समय में उनकी पहचान भी राष्ट्रीय स्तर पर हो गयी। अब उनके बच्चे थे जो छोटी-छोटी बातों पर एक-दूसरे को कुछ कह देते और कभी-कभार लड़ भी जाते। उनकी इस लड़ाई में जब उनकी माँओं ने हस्तक्षेप आरम्भ किया तो दोनों भाईयों ने अलग होने का मन बना लिया। उनकी माँ ने भी उनकी बात मान ली, केवल एक शर्त रखी कि भविष्य में वे ऐसा कोई धंधा नहीं करेंगे जो एक तरह का हो। दोनों ने माँ की यह बात मान ली।

अब वे स्वतंत्र रूप से अपना-अपना व्यवसाय चला रहे थे। खूब पैसा आ रहा था और दोनों करोड़पति से अरबपति बन गए थे। परंतु अब उनमें वैसा सामंजस्य नहीं था जो उनकी गरीबी के समय था। अब उनमें प्रतिस्पर्धा हो रही थी। प्रतिस्पर्धा पैसे की, प्रतिस्पर्धा प्रसिद्धि की, प्रतिस्पर्धा खर्च करने की, प्रतिस्पर्धा अपने आपको बड़ा साबित करने की, तात्पर्य हर बात में प्रतिस्पर्धा। इस प्रतिस्पर्धा ने उनमें एक जुनून पैदा कर दिया था, भागने का, निरंतर भागने का।

दोनों बस भागे जा रहे थे, भागे जा रहे थे किसी छोर को पकड़ने की होड़ में। छोर जो दिखाई देता था, परंतु वहाँ पहुँचने पर गायब हो जाता मृग मरीचिका की तरह।

भागने की इस होड़ में एक दिन एक भाई ने महर्षि वाल्मीकि का प्रसंग सुना। महर्षि वाल्मीकि जो पहले रत्नाकर थे, डकैती में लिप्त थे, उनसे महर्षि नारद ने पूछा कि वे क्यों भागे जा रहे हैं और क्या उनके पाप के भागीदार उनके परिवार वाले भी होंगे? परिवार का उत्तर सुनकर, उस दिन से रत्नाकर ने भागना छोड़कर समाज की भलाई का बीड़ा उठा लिया और महर्षि वाल्मीकि बन गये। आज रत्नाकर को कोई नहीं जानता, परंतु महर्षि वाल्मीकि को सभी जानते हैं। उसे समझ में आ गया कि प्रसिद्धि का रास्ता पैसे और ताकत से नहीं, समाज की भलाई से होकर जाता है।

पता नहीं क्यों, उस दिन से दोनों भाईयों की होड़ समाप्त ही नहीं हो गई, अपितु उनमें आंतरिक मेल भी हो गया।

आस-पड़ोस की लघु कहानियाँ

परिणति

मेरे एक संबंधी हैं जिन पर न तो माँ लक्ष्मी की कृपा थी और न ही माँ सरस्वती की। जब ऐसा होगा तो घर में सुख-शांति की बात क्या करें? मात्र चार एकड़ जमीन थी, वह भी खास उपजाऊ नहीं। उससे वर्ष भर का खर्च चलना असंभव था। अत: उन्होंने घर में दो भैंसें पाल रखी थी जिसका दूध भी वे बेचा करते। न तो वे अपना घर पक्का बनवा सके थे और न ही बच्चों को सही ढंग से पढ़ा पा रहे थे। वैसे भी इस स्थिति में बच्चे बड़े होते ही दूध-घी और खेती के चक्कर में पड़ जाते हैं तो पढ़ने के लिए कहाँ समय मिलता है। खेती व भैंसों का कार्य भी तो कम नहीं होता।

जब उन्होंने अपने बड़े बेटे का विवाह करना चाहा तो काफी मशक्कत करनी पड़ी। लड़की वाले उनके बेटे को एवं उनके खपरैल वाले घर को देखकर यही कह जाते कि वे जन्मपत्री मिलवाकर सूचित करेंगे। पहले तो वे भ्रम में रहे कि शायद उनको भी कुछ दहेज मिल जाएगा, परंतु ऐसा नहीं हुआ। दहेज के नाम पर कुछ रुपये एवं कुछ बरतन नसीब हुए। बहू भी ऐसी मिली जो रंग-रूप से बहुत सुंदर नहीं थी, परंतु अपने पाँचवीं पास बेटे के लिए वे इससे अधिक अच्छा संबंध नहीं तलाश सके। अपने बेटे के विवाह के पहले वे मेरे पास आए और निमंत्रण कार्ड देकर उन्होंने मुझसे दस हजार रुपये उधार माँगे। मैंने उन्हें रुपये तो दे दिए, परंतु उनसे यह वायदा भी ले लिया कि वे रुपये दो माह बाद वापस कर देंगे। वे मुझे बताने लगे कि क्या बताएं, महंगाई के इस जमाने में खर्च चलाना मुश्किल हो रहा है जैसे-तैसे खाने भर का जुगाड़ होता है, वह भी तब जब घर के सभी सदस्य खेत में लगे रहते हैं। भैंसें होते हुए भी न तो वे दूध-घी खाते हैं और न बच्चों को खिला सकते हैं क्योंकि खर्च चलाने के लिए लगभग सारा दूध बेचना पड़ता है।

उन्होंने मुझे उधार लिए रुपये तो वापिस कर दिए, परंतु चार माह बाद। अब उनका बेटा साइकिल पर दूध के डिब्बे लादकर शहर में दूध बेच आता

था। वैसे भी शहर उनके गाँव से मात्र तीन-चार कि.मी. की दूरी पर था। उनका छोटा बेटा गाँव के सरकारी स्कूल में पढ़ता था। जब कभी वह मेरे घर आता तो मेरी पत्नी पुराने कपड़े जो ठीक-ठाक अवस्था में होते, उसे दे देती। एक बार हम लोग उनके घर गए तो देखा कि हम भारतीय स्थिति से कैसे मुकाबला करते हैं? फटे कपड़ों को सिलकर गद्दे बना लिए जाते हैं, पुराने कपड़े भरकर तकिया बन जाता है और घर पर ही पलंग बुन लिया जाता है जिसे गाँव में खाट अथवा खटिया कहा जाता है। सब्जी घर में ही उगा ली जाती है, भैंसों का चारा उसी खेत से आ जाता है जिसमें फसल उगती है क्योंकि फसल की निराई भी आवश्यक होती है। पेड़ की पतली टहनियाँ टूथब्रश का काम करती हैं तो मटका फ्रिज का। भैंस के गोबर से उपले बनते हैं जो खाना पकाने के लिए ईंधन का कार्य करते हैं तो भैंस सवारी के काम भी आ जाती है। यहाँ तक कि गोबर से लिपाई-पुताई भी होती है अर्थात् सफेदी के स्थान पर गोबर का प्रयोग भी होता है। सारी की सारी प्रणाली 'ग्रीन बिल्डिंग प्रणाली' पर आधारित होती है। उनका घर भी इसी प्रणाली का जीता-जागता उदाहरण था। उन्होंने चाय के स्थान पर हमें दूध पिलाया एवं खाना खिलाया। मुझे लगा कि गरीबी में भी उनके हालात इतने खराब नहीं थे जितने हम सोचा करते थे। उनका गुजारा चल रहा था और वे भारतीय संस्कृति में अपने आपको ढालकर ठीक-ठाक जिंदगी व्यतीत कर रहे थे। न शराब, न जुआ, और न अन्य कोई व्यसन, सिर्फ बीड़ी को छोड़कर।

मैं शहर में सरकारी मकान में रहता था। बच्चे एक पब्लिक स्कूल में पढ़ रहे थे। सरकारी नौकरी थी अतः तबादला तो होना ही था, परंतु अभी हाल तो मैं शहर का मजा ले रहा था। जब मेरे ये रिश्तेदार आते तो पत्नी धीरे से कहती, 'लो जी, आपके दूध वाले भाई साहब आ गए।' मुझे यह सम्बोधन अच्छा नहीं लगता था। मैं एक-दो बार चुप रहा, परंतु एक दिन मैंने पत्नी को टोक दिया कि ऐसा मत कहा करो। तो उसका जवाब था कि मैं कौन-सा गलत कह रही हूँ या गाली दे रही हूँ। बाद में, मैंने टोकना ही छोड़ दिया। यही हाल बच्चों का था। जब भी उनके बेटे आते, बच्चे उनसे बात करने से भी कतराते। मुझे समझ में आ गया था कि संतों की बातें सच ही थी कि संबंध बराबरी वालों में ही चलते हैं, भले ही भाई-भाई का रिश्ता हो।

उसके बाद मेरा तबादला हो गया। जब उनको पता चला तो वे मुझसे मिलने भी आए। मैंने उन्हें नए कार्यालय का पता दे दिया। उन्होंने कहा कि मैं जब भी यहाँ आऊँ तो उनके घर अवश्य आऊँ। उस दिन हम दोनों दो घंटे

से भी अधिक साथ-साथ बैठे रहे। कुछ नई बातें, बाकी पुरानी बातें, वे भी बचपन से लेकर जवानी तक की, करते रहे। साथ-साथ चाय पी, फिर खाना भी खाया। हमेशा की तरह आज भी वे अकेले ही आए थे। शायद मेरी भाभी एवं पत्नी के बीच अमीरी-गरीबी के कारण सामंजस्य नहीं बन पाया था। उनके बीच केवल दिखावटी अपनत्व था जो दोनों को आंतरिक रूप से पता था, अत: उनके बीच खास बात नहीं होती थी, परंतु इस सबसे बेपरवाह हमारा संबंध जारी था। उम्र में मैं उनसे छोटा था, फिर भी वे मुझे काफी सम्मान देते थे।

दूसरे शहर में जाने के बाद, उनसे मेरा कोई पत्रचार नहीं हुआ। मैं अपनी नौकरी में व्यस्त रहा और पत्नी तो वैसे भी उनके बारे में चर्चा करने से रही। एक दिन आफिस के पते पर एक निमंत्रण कार्ड प्राप्त हुआ। अधिकांशतय: आफिस के पते पर कार्ड केवल कार्यालय के अधिकारियों एवं कर्मचारियों से ही मिलते थे, अत: बाहर से निमंत्रण कार्ड प्राप्त होने पर कुछ आश्चर्य हुआ। निमंत्रण कार्ड बड़ा सुंदर था तथा बाहर से देखने पर ही महंगे होने का अहसास दे रहा था, परंतु खोलने पर तो मैं विस्मित था। कार्ड मेरे उन्हीं रिश्तेदार का था जिन्हें मैंने यहाँ आने के पहले केवल ऑफिस का पता दिया था, घर का पता भी नहीं दिया था। इतना सुंदर कार्ड मैंने पहली बार देखा था। अचम्भा भी था कि मेरे रिश्तेदार ने इतना महंगा कार्ड कैसे बनवा लिया। कार्ड पर उनके पाँच फोन नम्बर भी अंकित थे। मुझे समझ में नहीं आ रहा था कि उनके पास पाँच-पाँच फोन कैसे आ गए थे? उनके छोटे बेटे का विवाह था एवं समारोह स्थल का पता था - शहर का एक नामी-गिरामी पंचतारा होटल। बारात उनके गाँव से ही चल रही थी। मैं अपने आपको अधिक न रोक सका एवं आफिस से ही मैंने कार्ड पर दिये उनके मोबाइल नम्बर पर फोन किया। फोन मेरे संबंधी का ही निकला। जब मैंने कहा कि भाई साहब आपका कार्ड मिल गया, तो वे बहुत प्रसन्न हुए। अब उनकी आवाज में वजन आ गया था। बोले, 'आप परिवार सहित अवश्य आइए।' बातों ही बातों में उन्होंने बताया कि उन्होंने शहर का सबसे कीमती बैंड किया है। एक हैलीकॉप्टर भी बुक किया है, दुल्हन को उसी में विदा कर घर लाएंगे। मैं किंकर्तव्यमूढ़ था कि यह क्या हो रहा है? मैंने अधिक कुरेदना उचित नहीं समझा और कहा कि हम अवश्य आएंगे।

शाम को घर आकर मैंने कार्ड पत्नी को दिया। कार्ड को देखते ही वह चहक उठी, 'लगता है आपको किसी बड़े रईस का निमंत्रण मिला है। हम अवश्य इस विवाह में जाएंगे।' मैंने कहा, 'हाँ, अवश्य चलेंगे।' जब उसने निमंत्रण पत्र पर

नाम एवं पता देखा तो वह भी अचरज में पड़ गई। 'क्या यह निमंत्रण कार्ड उन्हीं गाँव वाले भाई साहब का है?' जब मैंने हाँ की तो उसे विश्वास ही नहीं हुआ। कहने लगी, 'कार्ड तो बहुत अच्छा बनवाया है। लगता है, सारा खर्च कार्ड में ही कर दिया है, विवाह में कुछ नहीं करना है।' जब मैंने बताया कि विवाह पंचतारा होटल में है और दुल्हन की विदाई हैलीकॉप्टर से होगी, तो उससे रहा नहीं गया और बोली कि भाई साहब को क्या गड़ा धन प्राप्त हो गया है?

अब मुझसे भी रहा नहीं जा रहा था, अत: मैंने अपने एक और संबंधी को फोन किया और उनसे पूछा कि क्या उन्हें भी कार्ड प्राप्त हुआ है? उन्होंने हाँ में उत्तर दिया और बोले, 'अरे भाई साहब, अब वे लोग करोड़पति हो गए हैं। उनकी चार एकड़ जमीन चार करोड़ में बिकी है और अब उन्होंने तीन चमचमाती बड़ी गाड़ियाँ खरीद ली है, मकान भी पक्का बनवा लिया है और विवाह का ब्यौरा तो आपको मिल ही गया होगा। अब आप यह समझ लीजिए कि वे आजकल राजा बने हुए हैं। उनके बेटे जिन्हें दूध भी नसीब नहीं होता था अब वे रोज महंगी शराब पीते हैं। जो पहले पुरानी साइकिल में घूमते थे अब बड़ी-बड़ी नई गाड़ियों में घूमते हैं और पहले दूध बेचते थे, अब कुछ बेचते नहीं हैं, केवल खरीदते ही खरीदते हैं।'

यह सुनकर मुझे कुछ तो अच्छा लगा, परंतु बहुत अच्छा नहीं। पत्नी ने सुना तो बोली, 'पैसा पहले तो देखा नहीं, अब मिला है तो खर्च कर रहे हैं।' कुछ सोचकर मैंने उन्हें फोन किया और सलाह दी कि विवाह में इतना व्यय क्यों कर रहे हैं? तो उन्होंने उत्तर दिया कि अब तक तो हम गरीबी के कारण कुछ नहीं कर सके, अब लक्ष्मी आई है तो सुख भोगने में कमी क्यों रखें? यह सुनकर मुझे समझ में आ गया कि लक्ष्मी को चंचल इसलिए ही कहा जाता है और भाई साहब को मेरी बात समझ में नहीं आएगी क्योंकि उन्होंने मेरी सलाह पर ध्यान नहीं दिया था।

खैर, हम लोग निमंत्रण में गए और विवाह देखकर दंग रह गए। कम से कम एक करोड़ रुपये उन्होंने खर्च किए थे। मुझे लगा कि क्या ये वही व्यक्ति है जिन्होंने बड़े बेटे के विवाह में मुझसे दस हजार रुपये उधार लिए थे। जितने भी लोग विवाह में आए थे, सामने से तो प्रसन्नता व्यक्त कर रहे थे, परंतु पीछे से यह कहने से भी नहीं चूके कि चार दिन की चाँदनी है। वापिस जाने से पहले फिर मैंने उन्हें व उनके बड़े बेटे को समझाने की कोशिश की कि खर्च सोच-समझकर करें एवं पैसा किसी धंधे में लगा दें। परंतु उन पर तो माँ शारदा

ने पर्दा डाल दिया था, इसलिए बोले कि उनके पास इतना पैसा है कि इस जन्म क्या अगले जन्म तक उन्हें कुछ करने की आवश्यकता नहीं है। मैं समझ गया कि पैसा मिल जाए तो उसे रखना और संभालना सबके बस की बात नहीं है।

हम लोग वापिस आ गए, परंतु विवाह की चकाचौंध ने हमारा मन मोह लिया था। मध्यमवर्गीय परिवार के लिए इतना खर्च करना फिजूलखर्ची ही लगा। ऊपर से सभी पीठ पीछे बुराई कर रहे थे। कोई भी रिश्तेदार ऐसा नहीं मिला जिसने उनकी प्रशंसा की हो। उनका धनवान बनना किसी को भी अच्छा नहीं लगा था। सही कहते हैं कि न तो धनवान को गरीब का धनवान बनना पसंद आता है क्योंकि वह नहीं चाहता कि कोई उसकी बराबरी पर आए अथवा उससे आगे निकले और न ही गरीब को पसंद आता है क्योंकि वह उनसे आगे निकल जाता है। बहुत ही कम लोग होते हैं जो दूसरों की समृद्धि से खुश होते हैं। पता नहीं, मेरी उनसे क्यों आत्मीयता थी कि मैंने उन्हें एक बार फिर टेलीफोन किया और विवाह की बधाई देते हुए फिर सलाह दी कि वे बचे रुपयों से कोई सम्पत्ति खरीद लें और कोई धंधा आरम्भ कर दें। इस बार उन्होंने ध्यानपूर्वक मेरी बात सुनी।

अगले रविवार उनका फोन आया। वे बोले, 'उन्होंने हिसाब लगाया है, जो चार करोड़ रुपये मिले थे, उसमें से विवाह के बाद केवल पचास लाख बचे हैं बाकी सब बेटों ने अय्याशी में उड़ा दिये अथवा विवाह में खर्च हो गए। जब मैंने बच्चों से दुकान खरीदने की बात कही तो वे अपना हिस्सा माँग रहे हैं। कोई चारा न देख मैंने कहा कि ठीक है, पंद्रह-पंद्रह लाख मैं तुम्हें दे दूँगा तो वे मुझसे ही लड़ने लगे और कहने लगे कि यदि हिस्से होने ही हैं तो तीन बराबरी के होंगे, पूरे सोलह लाख सरसठ हजार के। मैं यह सुनकर हैरान रह गया और मैंने कहा कि फिर तो तुम्हारी माँ का भी हिस्सा होना चाहिए। यह सुनकर दोनों बच्चे भड़क उठे। बोले, आपकी तो जिंदगी बीत गई है, हमारी सारी ज़िंदगी बाकी है। आप लोग इतना रुपया लेकर क्या करेंगे? यह सुनकर मैंने बिल्कुल तीन बराबर हिस्से कर दिए, परंतु आश्चर्य की बात थी कि बच्चों ने एक रुपया भी नहीं छोड़ा। यह देखकर मेरा मन खट्टा हो गया। उसके बाद आपकी सलाह मानकर मैंने एक दुकान खरीद ली है। दस लाख रुपये उस पर खर्च हो गए, बाकी से दूध, घी, छाछ, मक्खन और पनीर का धंधा आरम्भ कर दिया है। भगवान की दया से धंधा ठीक-ठाक चल रहा है। कुछ रुपये मकान में भी खर्च कर दिए।'

दो वर्ष बाद मेरा तबादला फिर उसी शहर में हो गया। एक दिन मैं उनसे मिलने उनके घर गया। पास में ही उनकी दुकान थी। मुझे देखकर वे आत्मीयता

से मिले। मैंने देखा कि उन्होंने तीन-चार लड़के रखे हुए थे जो धंधा संभाल रहे थे। धंधा अच्छा चल रहा था, ग्राहक देखकर ही समझ में आ गया। दुकान में थोड़ी देर बैठने के बाद हम दोनों उनके घर भी गए। भाभी भी मुझसे मिलकर प्रसन्न हुई। घर में उनके बच्चों एवं बहुओं को न देखकर मैंने उनके बारे में पूछा तो उन्होंने बताया कि दोनों ने बचे हुए रुपये अय्याशी में एक वर्ष में ही खर्च कर दिए थे। एक दिन वे मेरी दुकान पर आए तो मैंने स्पष्ट कह दिया कि चाहो तो मेरी दुकान पर नौकरी कर लो या दुकान से दूध लेकर शहर में बेचो, परंतु शाम को मुझे मेरा हिसाब चाहिए। दोनों बेटे अब साइकिल पर दूध बेचते हैं वह भी किसी दूसरे का। दोनों के दोनों सड़क पर आ गए हैं। ये वे ही बच्चे हैं जिन्होंने एक-एक दिन में पचास-पचास हजार रुपए उड़ाए थे। अब पचास रुपये को तरसते हैं। जब मैंने उनसे पूछा कि उन्हें दुःख नहीं होता कि वे पचास रुपये को तरसते हैं जबकि आप कई लड़के अपनी दुकान पर लगाए हुए हैं। इस पर वे बोले, 'भैया, ये वही लड़के हैं जिन्होंने न तो माँ का हिस्सा दिया और न ही अपने हिस्से का एक रुपया बाप के लिए छोड़ा। फिर भी मन में सोचा कि अभी कुछ धक्के खाएंगे तो पैसे का महत्त्व समझेंगे एवं सुधर जाएंगे। मैंने तो उनके नाम ही वसीयत कर रखी है।'

इस घटना को दो वर्ष ही बीते थे कि एक दिन खबर आई कि भाई साहब और भाभीजी का खून हो गया है। हम लोग दुःख प्रकट करने उनके घर पहुँचे तो देखा कि उनके दोनों बेटे व बहुएँ दहाड़ें मार कर रो रहे थे। विश्वास हो गया कि उन्हें इस घटना का जबरदस्त सदमा पहुँचा था। साथ में नहीं रह रहे थे, परंतु थे तो उनके सगे। क्रियाकर्म के पश्चात् जैसे ही घर वापिस पहुँचे तो पुलिस दरवाजे पर खड़ी थी। लगा कि वे क्रियाकर्म का ही इंतजार कर रहे थे। पुलिस ने दोनों बेटों को अपने माँ-बाप के खून के जुर्म में गिरफ्तार कर लिया। जब मैंने प्रतिरोध करना चाहा तो वे मुझे भी थाने ले गए, जहाँ उन्होंने सबूत एकत्र कर रखे थे। कोई चारा न देख, उनके बेटों ने भी जुर्म कबूल कर लिया।

बिना मेहनत का पैसा इस परिणति में उन्हें पहुँचा देगा, मैंने कभी सोचा नहीं था।

* * *

■■■

व्यक्तित्व विकास

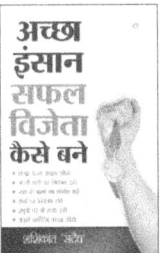

डायमंड बुक्स X-30, ओखला इंडस्ट्रियल एरिया, फेज-II नई दिल्ली-110020 फोन : 011- 40712200
ई-मेल : sales@dpb.in Shop online at www.diamondbook.in

व्यक्तित्व विकास की श्रेष्ठ पुस्तकें

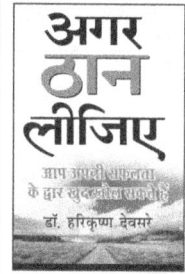

डायमंड बुक्स X-30, ओखला इंडस्ट्रियल एरिया, फेज-II नई दिल्ली-110020 फोन : 011- 40712200
ई-मेल : sales@dpb.in Shop online at www.diamondbook.in सभी बुक स्टाला पर उपलब्ध

www.ingramcontent.com/pod-product-compliance
Lightning Source LLC
Chambersburg PA
CBHW060120260626
47160CB00005B/1954
* 9 7 8 9 3 5 0 8 3 2 4 5 5 *